認めたら
…恋雪先輩
認めちゃったら…
告白予行練習
今好きになる。
原案／HoneyWorks　著／藤谷燈子　イラスト／ヤマコ

目が合うたび
優しく笑いかけてくれるから…
あんなに最低な出会いだったのに…
あの笑顔はずるいよね…
あ…
!!
ひくっ
ダッ
え…瀬戸口さん？
やだやだやだ…
認めたくない

いつか好きになる
気づいた
あと何回？　ねえ目が合えば…

隠《かく》すことも諦《あきら》めそうだ
それが中学の時——
瀬《せ》戸《と》口《ぐち》雛《ひな》
桜丘高校に入学し、
陸上部に入る。

今好きになる。
綾瀬《あやせ》恋雪《こゆき》
雛の先輩。さえない
感じだったが…。

同じ高校に入学して、近づけると思ってた
あの人は、好きな人のために、変わった
人気も出ちゃったり…
…そう、前からずっと想ってたって偉くはないし
だから——
伝えたら
後悔する前に気持ちを伝えなきゃ
伝えちゃったら

カキ
カキ
ラブレターって何書けばいいのー…
……
多分距離ができちゃうかもね
──でも、
全部書いちゃお 私の想っていること
全部
恋雪先輩へ
いきなりの手紙で驚いてるんじゃないですか?
驚く様子が目に浮かんじゃいます?
恋雪先輩との出会いは中学の時でしたね。
覚えてますか?私は今でも覚えてます。
私が掃除した場所に先輩がゴミ箱をひっくり返したんですよ!
あの時は3年生だって知らずに追いかけ回して本当にごめんなさい…
それから目が合う度に話しかけてくれましたね。
好きでもない女の子にあの笑顔はダメかもです…
でも私にとってはすっごく嬉しい事でした。
学校で会うのが楽しみで毎日キョロキョロしてたんですよ
今届けます

先輩…
まだ帰ってないよね
もう部活終わってる
はずなのに 遅いな…
あ…
タイミング、最悪――
〝泣き跡〟――!?
先ぱ…
←告白、するはずだったけれど――!?

告白予行練習

今好きになる。

原案／HoneyWorks

著／藤谷燈子

19263

角川ビーンズ文庫

ents

あはは

c(・ω・c 三 ɔ・ω・)ɔ c(・ω・c 三 ɔ・ω・)ɔ c(・ω・c 三 ɔ・ω・)ɔ c(・ω・c 三 ɔ・ω・)ɔ

本文イラスト／ヤマコ

Cont

・(＞ω＜;)　・・・(＞ω＜;)　・・・(＞ω＜;)　・・・(＞ω＜;)

introduction ～イントロ～

ひらり、と視界の端《はし》に薄紅色《うすべにいろ》がちらついた。

一人で黙々《もくもく》と中庭の花壇《かだん》を世話していた綾瀬恋雪《あやせこゆき》は、雑草を抜《ぬ》く手を休めて顔を上げた。

「わあ、すごい……」

目の前に広がる光景に、ほうっと息がもれる。

しんと静まり返った中庭で、ひらひらと桜の花びらが舞《ま》っていた。

桜丘《さくらがおか》高等学校という名にふさわしく、学校周辺には桜の樹《き》が多く植えられている。

今年はやや遅咲《おそざ》きだったため、入学式当日にも花が残っているだろう。


（あと一週間で、新学期かあ……）


これまで以上に身構えてしまうのは、いよいよ三年生になるからだ。

いくら目をそらし続けたところで、問答無用で高校最後の一年間がはじまってしまう。

目下の課題は、新入部員を獲得《かくとく》することだ。

何しろ園芸部にはいま、恋雪一人しか残っていないのだから。

先輩《せんぱい》たちが卒業前に「駆《か》けこみ勧誘《かんゆう》キャンペーン」と題して必死に声をかけてくれたおかげで、それなりに興味を持ってくれた後輩たちはいた。

けれど実際に入部届けを出してくれた生徒は、残念ながらゼロだった。

（……次期部長がこんなじゃ、そうなるよね……）


頬《ほお》にかかった少し長めの髪《かみ》を払《はら》いながら、恋雪は苦笑《くしょう》をこぼす。

これでも一応、自覚はあるのだ。

コミュニケーション能力は最低値だし、存在感も薄《うす》い。そんな自分は、周囲から透明《とうめい》人間か何かのように見られているかもしれないと。

自分でも、教室の隅《すみ》で息をひそめているほうが似合っていると思うし、安心できた。


ずっとそれでいいと思っていたけれど。

心の中に「彼女」が住むようになってから、状況《じょうきょう》が一変した。

自分の姿を見つけてほしい。話がしたい。仲良くなりたい。「彼女」の一番になりたい。

そんな風に、もっと、もっとと思うようになった。


けれど、中学三年間は、離《はな》れた場所から眺《なが》めていることしかできなかった。

高校に入って少しだけ距離《きょり》が縮まり、ようやくスタートラインに立てたような気がしたけれど、「彼女」には幼なじみにして強力な騎士《きし》がいる。

対する恋雪はただのクラスメイト、趣味《しゅみ》が合う友人止まりに過ぎない。

（こんな僕じゃ、勝負にすらならないって……わかってる、けど……）

分が悪いどころの話ではないのに、それでも「彼女」をあきらめることはできなかった。


（僕にもっと……それこそ、瀬戸口《せとぐち》さんみたいな度胸があればいいのに）

ふと脳裏《のうり》をよぎったのは、中学の後輩だった瀬戸口雛《ひな》のことだった。

出会った頃《ころ》はパワフルな彼女に圧倒《あっとう》されるだけだったけれど、言葉をかわす内に、誰《だれ》に対しても喜怒哀楽《きどあいらく》をストレートに表現できる「強さ」に気がついた。

周囲の視線を気にして言葉を飲みこんでしまう恋雪には、まぶしい存在だ。

（そういえば瀬戸口さん、どこの高校に行くのかな）

中学を卒業以来、雛と会ったのは数えるほどだ。

正確には、恋雪が一方的に見かけただけだった。兄の優《ゆう》も桜丘高等学校に通っているため、文化祭などですれ違《ちが》ったことがあるのだ。

そのたびに声をかけようかと思いながら、いつも最後の一歩が踏《ふ》み出せなかった。

雛のそばには、優の姿があったからだ。

一度なんとなく声をかけそびれてから、ずっと背を向けてきてしまっていた。


(先輩なのに、情けないね)

自分の気持ちにまっすぐな雛は、きっと恋雪とは真逆の高校生活を送るのだろう。

たとえばそう、真夏の太陽を思わせる「彼女」のように。


「来年のいまごろは僕、どうしてるんだろう……」

揺《ゆ》れる声は、春の風にあおられて消えていく。

雲一つない空の下、誰もいない中庭で、恋雪は桜の樹を見上げ続けた。

Natsuki Enomoto

なっちゃん(*^o^*)

大好き！　お隣のお姉さん!!

榎本《えのもと》夏樹《なつき》

高3。かに座のO型。

恋雪先輩と同じクラス。

・・・(>ω<;)　・・・(>ω<;)　・・・(>ω<;)　・・・(>ω<;)

count 1 ～カウント1～

Koyuki Ayase

綾瀬《あやせ》恋雪《こゆき》

高3。おとめ座のA型。
中学の先輩。。。

こゆき先輩(*^^*)
なんか、気になってる。。。

COUNT 1　〜カウント1〜

手にした封筒《ふうとう》が、どんどん重たくなっていく。
便せん一枚しか入っていないのに、手を放したら床《ゆか》にめりこみそうだ。

(どうしよう、緊張してきた)

瀬戸口雛はよろけながら下駄箱《げたばこ》に背を預けると、意識してゆっくりと息を吸いこんだ。
誰もいない昇降口《しょうこうぐち》は静まり返っていて、呼吸の音がやけに耳につく。
(何これ、外周走ったあとみたい……)
中学からずっと陸上で鍛《きた》えてきた分、そう簡単に息が上がることはなかった。
なのにいまは、心臓が痛いくらいだ。

それでも、この場から逃《に》げたいとは思わなかった。

夏のあの日、幼なじみの榎本虎太朗《えのもとこたろう》が放った言葉がぐさりと胸に刺《さ》さっている。

『逃げるなってことなんじゃねー』


悔《くや》しいけれど、雛自身もたしかにそうだなと思ってしまったのだ。

あの人への気持ちに気づいてしまった。

カン違いには、できなかった。

このまま想《おも》いを伝えずに抱《かか》えていたら、きっと爆発《ばくはつ》してしまうだろう。


(恋雪先輩《せんぱい》、もう帰っちゃったのかな……？)

最終下校時刻まで残り十分を切ったいま、誰かが階段を下りてくる気配はない。

雛は冷え切った右手で前髪《まえがみ》を直しながら、「大丈夫《だいじょうぶ》、大丈夫」と言い聞かせる。

三十分も前からここで待ち構えているが、下校ラッシュの中に恋雪の姿は見当たらなかったし、中庭から戻って来るところも見ていなかった。

(それとも今日は、部活お休みだったとか？)

先に職員室に顔を出して、顧問《こもん》の先生に確認《かくにん》したほうがよかったかもしれない。
このまま待つべきか、それとも――。

パタン、パタン。

そのとき、返事をするように上履《うわば》きの鳴る音が聞こえてきた。
ゆっくりと階段を下りてくる足音に、雛は息をのむ。
(誰《だれ》だろう……)
まだ相手の姿は見えない。
いてもたってもいられなくなった雛は下駄箱から離《はな》れ、一歩前に出る。
すると、見慣れた姿が視界に飛びこんできた。

「あっ！　先ぱ……」

勢いよく振《ふ》り上げた右手と一緒《いっしょ》に、思わず固まってしまった。
綾瀬恋雪の目元が赤くはれていたからだ。

（タイミング、最悪……）
雛はぐっと唇《くちびる》を噛《か》みしめ、手紙を後ろ手に隠《かく》す。
何があったのかはわからないけれど、恋雪が泣いていたのは明らかだった。
「瀬戸口さん……。どうしたんですか、こんなところで」
先輩を待ってました。
そう答えようとしたけれど、雛は言葉を飲みこんでいた。
恋雪の顔を見たら、声を聞いたら、小さな棘《とげ》が次々と胸に刺さったからだ。
どうしてそんな顔で笑うんですか？
声がかすれてるのはなんでですか？
知りたいのに言葉にならなくて、結局、ただ聞き返すことしかできなかった。
「恋雪先輩は……？」

「フラれちゃいました」

恋雪は首をかきながら、苦笑《くしょう》まじりに言った。

「さっきそこで転んじゃいました」とか、そんな口ぶりだ。

深刻な内容とは裏腹な恋雪の調子に、雛はあっけにとられてしまう。

(こんな冗談《じょうだん》言わないだろうけど、でも……ほ、本当に……?)

半信半疑の雛は何も言えずに、黙《だま》って恋雪を見つめてしまう。

恋雪はその視線に気づくと、力なく首をかく手を止めて、小さく笑った。

いろんな想いを、言葉を、その笑《え》みの奥深くに隠すように。

「私は好きです」

気がついたときには、口が勝手に動いていた。

雛自身も驚《おどろ》いたけれど、告げられた恋雪は目を見開き、ぼう然と立ち尽《つ》くしている。

「えっ、と……」

戸惑《とまど》った恋雪の声が聞こえてきて、雛は覚悟《かくご》を決める。

聞き間《ま》違《ちが》いだと思われないように、告白だと伝わるように。

恋雪をまっすぐに見上げ、ありったけの想いをこめて決定的な言葉を告げた。

「先輩のこと、好きです」

＊＊　＊＊

ついに、この日を迎《むか》えてしまった。

雛はかすかに震《ふる》える手で、マスカラのフタをぎゅっと締《し》める。

期待と不安、いろんな感情がまざりあって、今日は朝から心臓がうるさかった。

（大丈夫、いっぱい準備してきたんだから……！）

真剣《しんけん》なまなざしで洗面所の鏡をのぞきこみ、最終チェックに励《はげ》む。

あの人に、高校生になった自分を見てもらう大事な日だ。

失敗はもってのほかだし、中学のときとは違うのだとアピールできなくては意味がない。

幸い、鏡の中の自分はきちんと変身していた。

マスカラを塗《ぬ》ったまつげはくるんと上を向き、リップもはみ出すことなく光っている。

練習の成果がばっちり出ていることに、ほっと息をつく。


カチリ。

長針と短針が重なる音がして、鏡をのぞきこむのを止《や》めて顔を上げた。

「わっ、もうこんな時間!?　どうしよう、まだ髪セットできてないのに……!」

鏡の横にかけられた大きな壁《かべ》時計は、朝の七時を指していた。

いつも以上に身支度《みじたく》に時間がかかるのはわかりきっていたから、二時間前から起きて準備していたのに、頭で思い描《えが》いていたようには上手《うま》くいかなかった。


「……前髪はもう少し長いほうが、おとなっぽいかな?」

鏡の中の自分とにらみあい、雛は「むぐぐ」とうなって唇を尖《とが》らせる。

(身長も伸《の》びてないし、キレイ系になるのは無理だけど……)

中学のときから何も変わっていないと思われてしまうのは嫌《いや》だった。

誰よりも、あの人には。

「前髪《まえがみ》より、スカートのほうをどうにかしろって」

背後から聞こえてきた低い声は、兄の優のものだった。

いつのまにドアを開けたのだろう。長い足を組み、こちらをじとーっと見つめている。

雛は頬《ほお》をふくらませ、勢いよくふり返った。

「お兄ちゃん！　ノックしてって、いつも言ってるでしょ」

「何度もノックしたのに、返事しなかったのはそっちだろ？」

すでに制服に着替《きが》えた優が、ずかずかと中に入って来る。

雛は一瞬《いっしゅん》むっとしたものの、兄の発言に大きな目を丸くした。

「ウソだあ、全然聞こえなかったよ？」

「それだけ集中してたんだろ。前髪の長さとか、誰も気にしないのにな」

鼻で笑ったかと思うと、優のひとさし指と中指が伸びてくる。

雛が狙《ねら》いに気づいたときには、眉間《みけん》をトンッと小突《こづ》かれていた。

「いった……！　ちょっとお兄ちゃん、いまの地味に痛いんだからね!?」

「痛くなきゃ意味ないんだって。朝の忙《いそが》しいときに洗面所を占拠《せんきょ》してた罰《ばつ》なんだから」

「うっ……。それは、ごめんなさい……」

素直《すなお》に謝った雛に、優はやれやれとため息をつく。

「……ネクタイ曲がってるぞ。おまえ、入学式くらいバタバタしたくないからって、何度も制服着てリハーサルしてなかったか？」

ぶつぶつとつぶやきながら、優の手が雛のネクタイへと伸ばされる。

雛はされるがまま、借りてきた猫《ねこ》のように立ち尽くした。

「中学まではセーラーだったんだもん、急にはムリだよ」

「あっそ」

「……だからね、いますごく助かってる。ありがと」

「あっそ」

優の声はそっけないままだったけれど、心なしか目元がやわらいだようにも見える。

（お兄ちゃんたら、素直じゃないなあ）

雛はこっそり笑いつつ、声には出さないようにと腹筋に力をこめた。


「よし、こんなもんだろ」

「ねえねえ、かわいい？　かわいくなってる？」

その場でくるりと回ってみせると、肩《かた》の上でふたつに結んだ髪が一緒《いっしょ》に跳《は》ねた。

プリーツスカートもふわりと揺《ゆ》れて、雛は自然と笑みを浮《う》かべる。


「うん、絶対かわいい！　だよねっ」

「あのなあ、自分で言ってたら世話ないっつの……」

「だってお兄ちゃんが、意地張るからー」

「いやいや、そんなんじゃないし」

「わかった、そういうことにしておいてあげる！」

「はあ？」

（あ、口元がひくってした。これはそろそろ切り上げたほうがいいかな）

雛は一目で優の機《き》嫌《げん》のバロメーターを読み取り、素早く距離《きょり》をとった。

そのままパタパタとスリッパを鳴らし、ドアまで駆《か》けていく。

「それじゃあ、また学校で！」

「……車には気をつけろよ」

「お兄ちゃんこそ、なっちゃんに気をとられて転ばないようにね」

「えっ」

身に覚えがあるのか、優がピシッと音を立てるように固まった。

兄の首がじわじわと赤く染まっていくのを眺《なが》めながら、雛は内心、首を傾《かし》げる。

（こーんなにわかりやすいのに、なんでつきあわないんだろ？）


「なっちゃん」こと榎本夏樹《なつき》は、隣《となり》の家に住む幼なじみだ。

明るく朗《ほが》らかで、誰《だれ》にでも気さくに話しかける一方、相手が望む距離感を推《お》し量れる人でもあった。そのため、実は人見知りしやすい雛も、すぐに打ち解けることができた。

兄と同い年ということもあり、姉のような存在だ。

そして優にとっては、初恋《はつこい》の相手で、いまも変わらず好きな人だった。

(高校を卒業するまでには、上手くいくといいんだけどなあ)

幼なじみだから。距離が近すぎるから。

理由はいくつもあるのだろうが、優と夏樹はお互《たが》いに片想《かたおも》いを続けているようだ。

(私から見れば、絶っ対！　両想いなのに……)


「って、お兄ちゃんを構ってる場合じゃなかった。華子《かこ》と待ち合わせ……！」

「おまえが勝手に居座ったんだろ。ほら、さっさと行けって」

「わかってるー！」


べーっと舌を出してから、雛は今度こそ洗面所をあとにした。

背後から「やれやれ」とため息が聞こえてきたけれど、聞こえなかったことにする。

(今日から高校生だもん、これくらい余裕《よゆう》で流せないとね！)

そうして意気揚々《いきようよう》と家を出た雛だったが、記念すべき一歩目からつまずいてしまう。


「げっ」

「げっ、ってなんだよ！　げっ、て！」

「虎太朗、朝からうるさい……」

雛が両手で耳を塞《ふさ》いでも、相手はまだまだ吠《ほ》えている。

指の隙間《すきま》から漏《も》れ聞こえてくるのは「うるさくさせたのは誰だ」だの「俺だって好きで顔をあわせたわけじゃねえし」だの、どれもこどもっぽい台詞《せりふ》ばかりだ。

(これで同い年とか、信じられないんですけど!?)

虎太朗は夏樹の弟で、雛の幼なじみでもある。

幼稚園《ようちえん》に小学校、中学校ときて、ついに高校も一緒になったところだ。

(まさか虎太朗も桜丘に合格するとは思わなかったなあ……)

正直、雛もギリギリのラインだったけれど、中三の夏休みまでひたすらサッカーに打ちこんでいた虎太朗は、いわゆる「記念受験」だったはずだ。

だが虎太朗は決してあきらめなかった。

優に頼《たの》みこみ、雛と肩を並べて勉強する内、めきめきと点数を上げていった。

そして見事、合格をはたしたのだった。

(最後の追いこみとか、ホントにすごいなと思ったけど……)

それとこれとは話が別だ。

いったい雛の何が気に入らないのか、虎太朗はしょっちゅう突《つ》っかかってくる。

最近は少し落ちついたけれど、中一のときはとくにひどかった。

(こたちゃんは、本っ当にかわいかったのになあ)

小学校に上がるまでは、「こたちゃん」こと虎太朗が雛の遊び相手だった。

兄の優は、同い年の芹沢春輝《せりざわはるき》と望月蒼太《もちづきそうた》、そして夏樹の四人で遊ぶことが多く、雛は置いてきぼりになるたびに泣いていたらしい。

そんな雛をなぐさめ、やさしく手を引いてくれたのが、この幼なじみだったのだ。

(一人だけ背も伸《の》びちゃってさ！　まあ、ヘタレなのは昔と変わらないけど……)

雛のじとーっとした視線に気づいたらしく、虎太朗がふいに口を閉じた。

「な、なんだよ」

「……別に」

雛は両手を下ろし、その場を立ち去ろうと歩き出す。

ところが虎太朗もあとを追ってきて、一向に視界の端《はし》から消えてくれなかった。


「ちょっと、なんでついてくるの？」

「違《ちげ》ぇし！　俺も駅まで行くんだよ」

「チッ」

「舌打ちとか、マジこえぇぇ……。スカートも短いし、何キャラ目指してんだよ」

「……ちょっとカワイイ女子高生？」

「うわ、頭悪そうな回答きたよ……」


カチンときたものの、雛はあえて無反応を貫《つらぬ》く。

ここで言い返したり、たとえにらむだけでも、相手を調子づかせてしまうからだ。

だが虎太朗はしつこかった。馬鹿《ばか》のひとつ覚えのように「ひくわー」と繰《く》り返してくる。

さすがにウザくなってきたため、雛は冷ややかな視線を向けた。

「お兄ちゃんに泣きついて、ギリギリ補欠合格だった人には言われたくありませんけど」

「うっ、うっせー！　受かればこっちのもんなんだよっ」

「会話噛《か》みあってないし……」

あきれた雛が歩くスピードを上げると、虎太朗はついてこなくなった。

代わりに、捨て台詞のようなつぶやきが聞こえてきた。

「つか、なんでそんなにはりきってんだよ……」


スカートが短いとか、何キャラを目指しているのかとか。

目ざとく雛の変化に気づいてからかってくるのは、中学のときと変わらない。

(勝手に言ってろ、バカこた！　別にそんなんじゃないんだから)

そう、断じてはりきったりなどしていない。

ただ高校生になっておとなになったのだと、あの人に認めてもらいたいだけだった。


「恋雪先輩《せんぱい》、元気かな……」

「まだ言ってんのかよ」

ぽつりとつぶやいたにもかかわらず、すかさず背後から声が返ってきた。

ふり返ると、あきれた表情を浮《う》かべた虎太朗と目が合った。


「向こうはおまえのこと、覚えてないんじゃねーの」

（そんなの、わかんないじゃん！）

雛は叫《さけ》び出したい衝動《しょうどう》をぐっと抑《おさ》えこみ、わざとらしく顔をツンとそらして言う。

「勝手に言ってれば？　虎太朗には関係ないし」

「……なくなんか……ねえよ」

負け惜《お》しみなのか、虎太朗はもごもごと口を動かした。

気にはなったけれど、聞き返したところで悪態をつくだけだろう。


「じゃーね！」

それだけ言うと、雛は前に向き直った。

気まずさもあって、どんどん足が速くなっていく。

「……なよっ」

内容までは聞き取れなかったが、いまのは間違《まちが》いなく虎太朗の声だ。

（もう、しつこい……！）

虎太朗はこどもっぽいところがあるから、こちらがおとなの対応をとるしかないだろう。

雛だって、わざわざ入学式の日にケンカなんかしたくはない。

「はいはい、今度はなんですか……」

「サッカー部エースの前から逃《に》げきれると思うなよ！」

渋々《しぶしぶ》ふり返った雛の目に、クラウチングスタートを切る虎太朗の姿が飛びこんでくる。

予想外の光景に混乱しながらも、雛の身体《からだ》はとっさに反応していた。

受験中は休んでいたとはいえ、中学三年間、ハードル走で鍛《きた》えた足は伊達《だて》ではない。

雛は虎太朗と一定の距離《きょり》を保ったまま、ひたすら駅を目指す。

「だから、逃げてもムダだっつの……！」

「そっちが追いかけてくるからでしょ？　だいたい、エースだったのは中学のときじゃん」

「こ、高校でだって、すぐレギュラー入りするし！」

「ふーん？　まあ、口ではなんとでも言えるもんね」


足と同じくらい口も動かしながら、虎太朗との競走は続く。

中学のときとまるで変わらない光景だけれど、向かう先はあの人がいる高校だ。


(今度は絶対、距離を縮めてみせるんだから……！)

おだやかな春の空の下、雛はそう強く誓《ちか》った。

＊＊　＊＊

入学式に対面式、健康診断《しんだん》、新入生オリエンテーション。

高校生活一週間目は目まぐるしく、行事をこなすだけで必死だった。

通常授業がはじまると、ちょっとホッとしたぐらいだ。

(新しいことってワクワクするけど、何気に疲《つか》れるんだよね……)

緊張《きんちょう》からか、まっすぐ家に帰ると夕飯まで爆睡《ばくすい》してしまう日々が続いている。

高校に入ったら、優や夏樹たちのようにラーメンを食べて帰りたいと思っていたけれど、実現するのはまだ当分先のようだ。


もっとも、ストレスの一番の原因は別のところにあった。

雛は日誌を手に職員室に向かいながら、きょろきょろと周囲を探《さぐ》る。

放課後になったばかりの廊下《ろうか》は人が多いけれど、いない、いない、いない。

肝心《かんじん》の恋雪が、どこにも見当たらないのだった。


(私、いつになったら恋雪先輩に会えるの⁉)


つい力が入りすぎて、脇《わき》に抱《かか》えた日誌がみしっと嫌《いや》な音を立てる。

恋雪は中学時代も気配を消すのが上手《うま》かったが、高校に入ってさらに腕《うで》を上げたらしい。

入学式のときにちらりと姿を見かけただけで、登下校中はもちろん、昼休みや放課後に至るまで、後ろ姿さえ捉《とら》えることができないでいた。

（あっ、赤い上履《うわば》き！）


曲がり角からのぞいた上履きの先端《せんたん》に、雛はバッと顔を上げる。

上履きが赤いということは、相手は三年生だ。

もしかしたらと期待に高鳴る鼓動《こどう》の音を聞きながら、つい小走りになってしまう。

だが姿を現したのは、残念ながら思い描《えが》いた人物ではなかった。


「なっちゃん！　と、お兄ちゃんかあ……」

「ずいぶんな反応だな」

口元をひくひくさせる優の横で、夏樹がにこにこと笑っている。

「雛ちゃん、昨日ぶり！　おっ、日直？」

「うん、さっそく回ってきちゃった……」

「あはは！　この前、虎太朗も同じこと言ってたよー。お疲れさま」

「……ううっ、なっちゃーん！」


お疲れさまの一言がたまらなくなって、雛は夏樹の胸に飛びこんだ。

「わっ！　どうしたの？　そんなに日直大変だった？」

ぽんぽんと背中をなでながら、夏樹が心配そうに尋《たず》ねてくる。

雛は正直に理由を言ってしまいたくなるけれど、ぐっと言葉を飲みこむ。

夏樹だけならまだしも、優の前ではなんとなく言いにくい。まして「恋雪先輩《せんぱい》に会えなくて泣きそうなんだけど」とは、とても口にできなかった。

雛があいまいに笑い返すと、夏樹はよしよしと頭をなでてくれた。


「その子がさっき言ってた、雛ちゃん？」


ふいに、やわらかな声が聞こえてきた。

夏樹の背中越《ご》しに声の主を探すと、腰《こし》まで届きそうな黒髪《くろかみ》の美女と、猫《ねこ》っ毛のかわいらしい先輩が立っていた。どうやら優の背中に隠《かく》れて見えなかったらしい。

二人とも、微笑《ほほえ》ましそうにこちらを見ている。

「優の妹とは思えないくらいかわいいでしょ？　よろしくね」

「一言余計だっつーの。そもそも、なんで夏樹が仕切ってんだよ……」

あきれた声とは裏腹に、夏樹に手刀とツッコミをお見舞《みま》いする優の表情はやさしい。

対する夏樹は「うぐっ」と声を詰《つ》まらせたかと思うと、勢いよくうつむいた。

抱《だ》きしめられたままの雛からは、夏樹の耳がじわじわと赤く染まっていくのが見える。

（二人とも、これで無自覚なの？　見てるこっちがムズムズするよーっ）


いたたまれなくなって、雛はそっと夏樹の腕からすり抜《ぬ》けた。

そして優と夏樹のやりとりにくすくす笑っている二人に、ぺこりとお辞儀《じぎ》する。

「瀬戸口雛です。兄がいつもお世話になってます！」

「雛ちゃん、礼儀正しいねえ。はじめまして、早坂《はやさか》あかりです」

「合田《あいだ》美桜《みおう》です。よろしくね」

二人の名前を聞き、雛は「ああ、やっぱり」と内心でつぶやく。

「あかり」と「美桜」は、優と夏樹の会話によく登場する名前だったからだ。

「瀬戸口君、妹さんいたんですね。なんか意外かも……」

あかりは何気なくつぶやいたようだったけれど、雛にとってはちょっとした驚《おどろ》きだった。

雛自身は「お兄ちゃんか、お姉ちゃんがいるでしょ?」と言い当てられることが多く、てっきり優も「妹か弟がいそうだよね」などと言われるものだとばかり思っていたからだ。

(お兄ちゃん、学校だとキャラ違《ちが》うのかな?)

ちらりと優の様子をうかがうと、夏樹と二人そろって首を傾《かし》げていた。

「でも、面倒見《めんどうみ》がいいイメージあるよね」

「あっ、たしかに!」

美桜の言葉に、あかりが力強くうなずく。

(んん?　ってことは、いつものお兄ちゃんだよね……)

雛が不思議に思っていると、夏樹は心当たりがあるのか「ああ!」と手を叩《たた》いた。

「優ってよく人のこと小突《こづ》くし、妹より弟がいそうだよね。でもねえ、意外とシスコ……」

「なーつーきー?」

優は最後まで言わせず、夏樹の頭を片手でガシッとつかんだ。

途端《とたん》に夏樹から悲鳴が上がるけれど、優の手はなかなか離《はな》れない。

（お兄ちゃん、目が笑ってない……！）

解放されたころには、夏樹は足元がよろよろとしていた。

あかりと美桜が苦笑している様子からして、どうやらいつものやりとりの延長らしい。

（まあ、いまさらラーブラブな二人も想像できないけどね）

雛は肩《かた》をすくめ、まじまじと優を見上げる。


「お兄ちゃんは面倒見がいいっていうか、苦労性《くろうしょう》なんだよね」

「……面倒見なきゃいけないお子様が、周りに多いからかな」

優が意味ありげに、隣《となり》に立つ夏樹へと視線を送る。

夏樹は視線に気づいたものの、「えー？」と思い切り首を傾げた。

「雛ちゃん、しっかりしてるじゃん。優がそんなだから、シスコンって言われるんだよ」

「言ってるの、おまえだけだから。それに『お子様』には榎本姉弟《きょうだい》も含《ふく》まれてるからな」

「はい!?　虎太朗はともかく、なんで私まで！」

（ああ、またはじまっちゃった……）

どうしたものかとあかりたちの様子をうかがうと、二人は微妙《びみょう》な表情を浮《う》かべていた。

「こたろう？」

「前になっちゃんが言ってたよね、たしか……」

「あ、虎太朗はなっちゃんの弟です」

雛が美桜の言葉を引き継《つ》ぎ説明すると、あかりがぱっと明るい顔になる。

「そっか、なっちゃんの弟くんも入学したんだっけ」

「ふふっ。にぎやかになりそうだねえ」


にぎやかっていうか、うるさくなると思います。

雛はそっと心の中でツッコミを入れ、まだ言い争っている兄と夏樹をふり返った。

（こういうの、ケンカップルって言うんだっけ）

夏樹に薦《すす》められたマンガを思い出しながら、やれやれと腰に手を当てる。

「ところでお兄ちゃんたち、部活に行かなくていいの？」

「「あっ」」

優と夏樹は見事に声をハモらせ、競《きそ》うように廊下《ろうか》を歩きはじめた。

残された形の美桜とあかりは、お互《たが》いに顔を見合わせてひっそりと笑っている。

（もう、お兄ちゃんとなっちゃんってば……！）

顔から火が出る、とはいまのような状況《じょうきょう》を言うのだろう。

雛は気恥《きは》ずかしさと申し訳なさでいっぱいになりながら、おずおずと口を開く。


「あの、なんだかすみません……」

「ううん、気にしないで」

「あれでこそ、なっちゃんと瀬戸口君だもんね！」


あかりの言葉に、美桜もどこかくすぐったそうに「そうだね」とうなずいた。

そんな二人の反応を目《ま》の当たりにして、雛はあれっと目を丸くする。

やりとりを聞きながらなんとなくそうではないかと思っていたけれど、どうやら美桜とあかりも、夏樹と優がお互いに片想《かたおも》いしているのを察しているようだった。

（たしかに、ただの幼なじみにしては距離《きょり》が近いもんね）

「またね、雛ちゃん！　今度ゆっくり話そうね」

「あっ、はい！　ぜひ！」


あかりと美桜は雛に手をふって、ゆっくりと夏樹たちを追いかけていく。

雛も手をふり返しながら見送っていると、やけに主張の激しい視線の存在に気がついた。

（な、何？　誰《だれ》かこっち見てる……？）

優と夏樹も周囲の注目を浴びていたけれど、あまり嫌《いや》な感じはしなかった。

「あの二人またやってる。仲いいよね」とか「やっぱりつきあってるのかな」などとささやきあう声も聞こえてきたから、純粋《じゅんすい》に好奇心《こうきしん》によるものだったのだろう。


（でも、これは……ちょっと怪《あや》しい感じがするんですけど……）

恐々《こわごわ》と周囲を見回すと、意外にも相手はすぐに見つかった。

さきほど夏樹たちと出くわした、あの曲がり角から顔をのぞかせていたのだ。

雛はあきれた声で、「先輩《せんぱい》」に呼びかける。

「もちた、なんで壁《かべ》に貼《は》りついてるの？」

「えっ、わあああ……！　い、いつから気づいてたの⁉」

「あかりさんと美桜さんを見送ったあとだけど……」

「ホント？　よ、よかった〜」


あわあわと両手をばたつかせていた蒼太は、雛の返事にほっと胸をなで下ろした。

そうかと思うと、ちらちらと四人の背中を目で追いかけている。

（……ううん、きっとあかりさんか美桜さんのどっちかだ）

本人に聞くまでもなく、雛には確信があった。

蒼太の瞳《ひとみ》には幼なじみに向けるものとは違う、独特な熱がこもっていたからだ。


「ねえ、なんで隠《かく》れてたの？　出てきて会話に加わればよかったのに」

「うっ！　それには、いろいろと事情がありまして……」

蒼太は口の中でもごもごと言い訳をしていたけれど、ふっと自嘲《じちょう》気味に唇《くちびる》を歪《ゆが》めた。

きょとんとする雛の耳に、らしくない低い声が滑《すべ》りこむ。

「こんなんじゃダメだって、わかってるんだけどね」


いまのはどういう意味なのか、とは聞けなかった。

それでも自分と同じように、ままならない想いと戦っていることは伝わってくる。

(もちたは、自分の気持ちに気づいてるのかな……？)

雛が何も言えずにいると、ややあって蒼太のほうから話題を変えてきた。


「そういえば、もう部活決めた？　やっぱり陸上部？」

「……あ、うん。高校でもハードル続けたいなって思って」

実のところ、桜丘高校を受験したのは恋雪に会いたかったからだけではない。

ここ数年、陸上部がめきめきと頭角を現していたからだ。

コーチ陣《じん》が入れ替《か》わると同時に練習メニューもガラリと変わったらしく、その結果、大会常連になりつつあった。

在校生である蒼太も、「ウチは強いもんね」と納得《なっとく》している。

「練習きついだろうけど、その分、記録上がると思うよ。がんばれ！」

「うん！　もちたは、お兄ちゃんたちと一緒《いっしょ》に映画撮《と》ってるんだっけ」

「そうそう、映画研究部だよ。文化祭で上映会やるから、楽しみにしててよ」

「文化祭かあ……」


桜丘高校の文化祭は、毎年十一月半ばに行われていた。

中学のときとは規模も違《ちが》うし、カフェや屋台といった飲食店がある。

去年学校見学を兼《か》ねて来場したこともあり、イメージトレーニングよろしく文化祭で何をやるか、ああでもないこうでもないと想像して楽しんだこともあった。

だが、半年以上も先のことだ。なかなか実感がわかないというのが正直なところだった。

すると雛の頭の中を読んだように、蒼太が笑いながら言う。

「入学したばっかりで、まだまだ先のことだと思ってるでしょ？　でも、意外とあっという間だよ。一、二年生はクラスの出し物も凝《こ》ってるし、準備に時間かかるしね」

高校生活三年目に突入《とつにゅう》した先輩が言うのだ、きっとそうなのだろう。

あっという間に文化祭がやってきて、そして――。

「そういうわけだから、はりきって高校生活を送るように！」

「……もちたこそ」

何をとは言わなかったけれど、蒼太には心当たりがあったらしい。

困ったように笑いながら、「ほんとだね」とつぶやいた。

(私も、早く恋雪先輩を見つけて声をかけなきゃ……)

雛は日誌を抱《かか》え直し、蒼太に「またね」と告げて走り出す。

人通りの少なくなった廊下は、春の日差しに照らされて、きらきらと輝《かがや》いて見えた。

Kako Koganei

かこ(^▽^)
高校で親友に☆

小金井華子《こがねいかこ》
クラスメイト。ふたご座のAB型。
めちゃいい子。実は双子〜!

アリサ(^ ^;)
同中出身……

高見沢《たかみざわ》アリサ
みずがめ座のB型。
聖奈さん大好きっこ。

Arisa Takamizawa

count 2 ～カウント2～

Sena Narumi

聖奈さん(^0^)
あこがれのモデル!

☆ 成海《なるみ》聖奈《せな》

高3。みずがめ座のB型。
笑顔が素敵すぎる!

count 2 〜カウント2〜

雛が恋雪と再会を果たしたのは、GW直前のことだった。
入学式の朝、虎太朗に「向こうはおまえのこと、覚えてないんじゃねーの」などとからかわれたけれど、それは見事杞憂《きゆう》に終わった。

『瀬戸口さん！　ひさしぶりですね、元気でしたか？』

登校中、たまたま背後を歩いていたのが恋雪だった。
わざわざ向こうから声をかけてくれた上、きちんと名前まで呼んでくれて。
雛は瞳《ひとみ》を潤《うる》ませ、ほとんど半泣きでうなずいた。

それ以降、いままでのすれ違《ちが》いが嘘《うそ》のように何度も顔を合わせるようになった。
大きな一歩だったけれど、あとはずっと足踏《あしぶ》み状態が続いている。

とくに接点をつくれずにいるため、恋雪と会うには偶然《ぐうぜん》の力に頼《たよ》るしかないからだ。

それでも、会えなかった中学二年間よりはずっといい。

放課後になれば、園芸部の活動に勤《いそ》しむ恋雪の姿を見ることができるのもうれしかった。

雛も陸上部の練習中のため、勝手に近づいて声をかけることはできないし、一方的に眺《なが》めるだけだったけれど、恋雪と視線が合うと感じる瞬間があった。

軽く会釈《えしゃく》してみせると、控《ひか》えめな笑《え》みを返されたような気がした。

すると不思議と練習も上手《うま》くいって、記録を更新《こうしん》したことも一度や二度ではなかった。


そんなことが続いて、雛はだんだんと考えを変えるようになっていった。

もしかしたら自分には、この距離感《きょりかん》がいいのかもしれないと。

近くて遠い、後輩《こうはい》と先輩。

付かず離《はな》れず微妙《びみょう》に間を空けておけば、初対面のときのように、感情に任せてかわいくないことを言ってしまうこともない。

（だけど、それじゃあ何か足りないんだよね……）

ふとしたときに、心の中から声が聞こえてくる。

もっと先輩と話がしたい。もっと先輩のことが知りたい。

行動に移す勇気はないのに、次から次へと願い事があふれてくるのだ。


ときどき思い出したようにぶり返す強烈《きょうれつ》な想《おも》いをやり過ごす間にも、季節は移っていく。

桜が散り、若葉がまぶしく輝《かがや》き、梅雨《つゆ》がはじまった。

やがて雲間から太陽がのぞき出し、容赦《ようしゃ》なく熱を放つようになった。


夏が、すぐそこまでやってきている。

＊ ＊ ＊ ＊

七月に入った途端《とたん》、さっそく寝苦《ねぐる》しい夜が続いていた。

本格的な夏を前にクーラーをつける気にはなれず、雛は部屋の窓を薄《うす》く開け、網戸《あみど》越《ご》しの風でなんとかやり過ごしている。

けれど今夜は風もなく、すでに何度も目が覚めてしまった。
そのたびに上映映画が切り替《か》わるように、二本、三本と夢を見続けていた。

（また、あの夢……）

目の前に広がるのは、懐《なつ》かしい景色だった。
その正体を知る雛はため息をつきながら、自分の格好を見下ろした。
案の定、高校指定のシャツではなく、見覚えのあるセーラー服が目に入る。
さらに視線を落とすと、上履《うわば》きの色が違っていた。
そう、これは中学時代の自分なのだ。

（あの日はＬＨＲが長引いて、部活に遅《おく》れそうだったんだよね）

ぱちりと瞬《まばた》きをすると、手にホウキが握《にぎ》られていた。
途端に当時の感覚がよみがえってきて、雛はそわそわと落ちつかない気分に襲《おそ》われる。
急いで掃除《そうじ》を終わらせなければ、みんなに迷惑《めいわく》をかけてしまう。

新入部員は先に校庭に集合して、体育倉庫からスターティングブロックやバトン、ハードルなど、用具一式を準備しておくことになっていたからだ。

(それで焦《あせ》ってて、周りをよく見てなくて……)

ふっと背後に人の気配を感じたときには、ホウキに衝撃《しょうげき》が走っていた。
そして何かが勢いよくぶつかったかと思うと、そのまま悲鳴が響《ひび》き渡《わた》る。

『あっ、うわあああぁ……!』

男子の情けない声と共に聞こえてきたのは、ゴミ箱が床《ゆか》に転がる音だった。
当然のように、盛大《せいだい》に中身がぶちまけられていた。
その惨状《さんじょう》を目にして、目の前が暗くなったのを覚えている。

これでは部活に行くのがさらに遅《おそ》くなってしまう。
本当に時間のムダもいいところだ。

しかも他人のドジに巻きこまれるなんて、ツイていないにも程《ほど》がある。

どんどん怒《いか》りがわいてきて、あっという間に頭に血がのぼりきった。

そして相手をたしかめるより先に、思い切り叫《さけ》んでいた。


『ちょっと、何してくれてんの⁉』

『ご、ごめんなさい……っ』

『こっちは急いでるんだからね！　ちゃんと後片づけして……』

『いや、あの……』


雛の言葉にかぶって、相手がもごもごと口を動かした。

言い訳をするつもりなのかとにらみつけるけれど、顔を赤くした男子はおろおろと目線を泳がせていて、まともに視線が合わなかった。

見ているほうがイライラする。もう限界だ。

雛は腰《こし》に手を当て、床に座ったままの彼を見下ろして問いつめた。

『何？　はっきり言いなさいよ！』
『……その、パンツが……』
『は？　パン……きゃあああぁ!?』

男子の見上げる先にあるものに気づき、雛は慌《あわ》ててスカートを押さえた。
一気に顔が熱くなり、ぎろりと相手をにらむ。
すると彼は「うっ」とたじろぎつつも、ありえない言葉を口にした。
パンダ、と。

あとのことは、正直よく覚えていない。
気がつくと雛はホウキを振《ふ》り上げ、逃《に》げる男子を追いかけていた。
現役《げんえき》陸上部員の鍛《きた》え上げた俊足《しゅんそく》はすぐに相手の背中をとらえ、壁際《かべぎわ》まで追い詰《つ》めた。

『ごめんなさい、ごめんなさいごめんなさい……』
『……見たでしょ』
『み、見てない！　見てないです！　パンダのパンツなんて……っ』

『見てんじゃん！』

信じられない、と続けようとした矢先、隣《となり》の教室のドアが開いた。
三年生の教室まで走ってきたらしく、ひょっこりと顔をのぞかせたのは夏樹だった。

『こゆき君、どうしたの？　あれ、雛ちゃんも』
『榎本さん！』
『えっ、何？　なっちゃん、こいつと知りあいなの？』
『というか、クラスメイトだよ』

夏樹の一言により、雛の全身に衝撃が走った。
三年生である彼女とクラスメイトだということは、つまり——。

『あなた、三年？　先輩《せんぱい》なの!?　で、ですか……？』

動揺《どうよう》のあまり、変な日本語を口走ってしまった。

だが相手はそのことに何も言わず、ただへらりと笑うだけだった。

『ご、ごめんなさい！』

勢いよく頭を下げると、視界に『こゆき君』の上履きが飛びこんできた。
たしかに夏樹と同じ赤だ。

いくら焦っていたからって、どうして気づかなかったんだろう？
そもそも、私の不注意なんじゃないの？
冷静にふり返ってみれば、自分にも問題があったのだとわかる。
けれどすでに怒鳴《どな》り、追いかけ回して、おまけにタメ口まできいてしまったあとだ。

さーっと血の気が引く音を聞きながら、雛は恋雪の返事を待った。
これまでの反応やおっとりとした雰囲気《ふんいき》からして、大声を出されることはないだろう。
それでも、きつい言葉が飛んでくるのは覚悟《かくご》していた。
だが恋雪は怒《おこ》るどころか、雛に向かってぺこりと頭を下げた。

「掃除《そうじ》の邪魔《じゃま》をしてしまって、ごめんなさい」と。


さらに翌日、もっと信じられないような出来事が雛を待っていた。

移動教室の際、廊下《ろうか》で偶然《ぐうぜん》すれ違《ちが》った恋雪がわざわざ会釈《えしゃく》してくれたのだ。

はじめは見間違いだろうと思ったけれど、そんなことが二回、三回と続いた上に「おはよう」とか「こんにちは」とか、声までかけてくれるようになっていた。

恋雪は、雛が戸惑《とまど》って固まってしまっても、気にせず笑いかけてくれる。

とくに話が弾《はず》むわけでもないのに、恋雪に会えるのを楽しみにしている自分がいた。


彼の瞳《ひとみ》の中に、自分が映っている。

存在を認めてもらえて、声をかけてもらえる。

それが、本当にうれしかったのだ。


けれど、それなのに。

いつだって、逃げるように視線をそらしていた。

そして一年は瞬《またた》く間に過ぎ去り、恋雪は中学を卒業してしまう。

肝心《かんじん》なことは、何も伝えられないまま。

ピ、ピピピ……。

目覚まし時計の音に呼ばれ、雛はゆっくりとまぶたを持ち上げる。
頬《ほお》をつーっと涙《なみだ》が伝い、濡《ぬ》れて冷たくなっている枕《まくら》に新しいシミをつくった。

「……私、なんで泣いてるんだろ……」

カーテン越《ご》しに、朝陽《あさひ》が射《さ》しこんでくる。
やわらかい春の光ではなく、追い立てられるような強い夏の日差しが。

＊＊　＊＊

今朝も、朝早くから太陽が照りつけていた。
じりじりと焼かれたアスファルトは、すでに熱気を放っている。

夏服からのぞく二の腕《うで》もうっすら赤くなっていて、雛はため息をつく。

あとで日焼け止めを塗《ぬ》り直さないと、体育の授業中に泣くことになりそうだ。

（うう、面倒《めんどう》くさい……。朝練ないから、少しはラクだと思ったのになあ）

今朝見た夢が最悪だっただけに、すでに疲労困憊《ひろうこんぱい》だ。

数学の小テストも控《ひか》えているかと思うと、このまま家に引き返したくなってくる。

周囲を見回してみると、ほかの生徒も似たり寄ったりのぐったり具合だった。

「あつい」「たるい」「アイス食いてえ」と、いまにも死にそうにうめく者が九割。

「合宿どうする？」「一緒《いっしょ》にバイトしない？」とか「夏休みに肝試《きもだめ》ししようぜ」「みんなで海行っちゃう？」なんて言ってはしゃいでいるのは、本当に一部の生徒だけだ。

そんな中、前を歩く女子から悲鳴のようなものが上がり、雛の視線は釘付《くぎづ》けになる。

「えっ、ええー⁉　ねえ、あれって成海《なるみ》さんかな？」

「どこどこ？　わっ、やばい、ホンモノじゃん！」

成海さん。

その名前を聞いた瞬間《しゅんかん》、雛は彼女たちの視線の先を追っていた。

ゆるく巻かれた二つ結びの髪《かみ》。

金色に輝《かがや》いているように見えるそれは、腰《こし》の辺りまである。

日焼け対策なのか夏でもベージュのカーディガンを着ているけれど、完璧《かんぺき》なモデル体型のため、見ていてちっとも暑苦しくなかった。

スカートから伸《の》びる足もスラリとしているし、何より驚《おどろ》くほど長い。


「……すごい、さすがモデルさんは違うなあ……」


声に出してしまって、雛は慌《あわ》てて両手で口を塞《ふさ》いだ。

幸い誰《だれ》にも聞かれなかったらしく、周囲の視線が飛んでくることはなかった。

というよりも、この場の誰もが成海聖奈《せな》に夢中になっていた。

「成海さん」こと成海聖奈は、雑誌を中心に活躍《かつやく》している人気モデルだ。

雛が中学三年生の秋には、ハニワ堂のプリンのCMを皮切りに、人気アーティストのPVや映画に出演するなど活躍の場を広げ、おとなたちの間でも知られるようになっていた。

そして信じられないことに、雛たちと同じ桜丘高校に通う先輩《せんぱい》でもある。

(なるほどね！　今朝は聖奈さんに会えるから、さっきまでツイてなかったんだ)

同じ学年の優や夏樹たちでさえ、彼女の顔を見る機会は少ないと言っている程《ほど》なのだ。

二つも年下の雛がこうして拝めるのは、かなりラッキーだった。


(でもホント、なんで聖奈さんはウチに通ってるのかな……？)

桜丘高校に芸能科はないため、特別扱《あつか》いには限界があった。

仕事で学校を休みがちな聖奈は後日、一人で小テストを受けたり、補習や大量の課題プリントをこなすことで乗り切っているという話だ。

雛などからすれば、あまりメリットはないように見える。

(いまさら転校するのが面倒とか？)

そんなことを考えていると、聖奈が親しげに男子の肩《かた》を叩《たた》くのが見えた。

「芹沢《せりざわ》、おはよー」

「おー……」

「あはは！　テンション低いね。また遅《おそ》くまで起きてたんだ」

「わかってんなら、声落とせっての。おまえの声、頭に響《ひび》くんだよ……」

「うわあ、二日酔《ふつかよ》いの人みたいなこと言ってる」


聞こえてくる会話は親しげで、声をかけられた男子も自然体だった。

あの聖奈が、そんな風に接する男子が校内にいた。

それだけでも衝撃《しょうげき》だったのに、相手が春輝だったことに雛は二度驚かされた。


（でも、言われてみれば納得《なっとく》かも。春輝、隣《となり》に立ってても違和感《いわかん》ないもん）

春輝は映画を撮《と》った端《はし》から受賞するという、とんでもない才能の持ち主だった。

優や蒼太と映画研究部を立ち上げて活動しているけれど、とっくに遊びの範囲《はんい》は越《こ》えていたし、プロにまじってコンペにも出品していると聞いている。

おまけに勉強もスポーツも難なくこなし、見た目も普通《ふつう》にカッコいい。

（なんだかんだいって、注目されることに慣れてるんだろうなあ）

二人は周囲の注目を浴びながら、とくに気にする様子もなく話を続けている。

きっとこれが「類は友を呼ぶ」というやつなのだろう。


「それでね、化学のプリントを見せてもらえないかな?」

「別にいいけど、あいつにも貸す約束してんだよな」

「あいつ?」

「翠《みどり》だよ。写すなら、二人まとめて頼《たの》むわ」

「えっ……」


みどり、知らない名前だ。

気にはなったけれど、これでは盗《ぬす》み聞きになってしまっている。

雛は不自然でない程度に歩《ほ》幅《はば》を大きくして、二人を追い越すことにした。


(よし、このまま通り過ぎれば……)

「あ、あのさ、一人ずつじゃダメかな?」

すれ違《ちが》いざまだった。
聖奈の困ったような声が聞こえ、雛はついふり返ってしまった。
春輝は後ろ髪をかきながら、「うーん」とうなっている。

「そのほうがラクだろうけど、化学一限だぞ？　絶対間に合わないって」
「……うん、そうだね」

返事とは裏腹に、聖奈は戸惑《とまど》ったような表情を浮《う》かべていた。
だが、それはほんの一瞬のことだった。
（あ、あれ？　聖奈さん、うれしそう……？）
右手で前髪を押さえて隠《かく》そうとしているけれど、ほんのりと赤くなった頬《ほお》が見える。
口角も上がっているし、何より瞳《ひとみ》が輝いていた。
（うわ、うわあ……。聖奈さん、キレイ……）

見ているほうがドキドキしてきて、雛は慌てて前に向き直る。
シャツの上から心臓の辺りを押さえると、走りこみのあとのように鼓動《こどう》が速い。

（美人が笑うと、すごい破壊力《はかいりょく》なんだなあ）

彼女に微笑《ほほえ》みかけられてよろこばないのは、相当ひねくれた人だけに決まっている。
美人特有の悩《なや》みもあるのだろうが、憧《あこが》れずにはいられない。
（……聖奈さんなら、きっと誰にでも気軽に声をかけられるんだろうな……）
ずきっと痛む胸に気づかないふりをして、雛は足元の石ころを蹴《け》った。

（えっ、やばい……！）
思ったよりも石は飛び、前を歩く生徒を目がけて転がっていく。
やらかしたと思ったときには、小さな悲鳴が上がった。

「わっ⁉　い、石……？」

いま一番聞きたかったくせに、同じくらい聞きたくない声だった。
ほんの短い言葉だったけれど、間違えるはずがない。
恋雪の声だ。

（ど、どうしよう……って、謝るしかないじゃん！）
この場から逃《に》げ出したいと訴《うった》える足を叩き、雛は前を歩く恋雪へと駆《か》け寄る。
けれど雛が声をかけようとした瞬間《しゅんかん》、恋雪は「あっ」とうれしそうな声をこぼした。
その声を聞いただけで、次に何が起こるのかわかってしまう。
雛はぴたりと足を止めると、唇《くちびる》を固く結び、恋雪の視線の先を追った。

「あのっ、榎本さん……！　お、おはよう」
「こゆき君、おはよー」

（……やっぱり、なっちゃんだ）
聞き慣れた明るい声は、夏樹のものだった。
恋雪が「榎本さん」と呼びかけるより先に、なんとなく予想はしていた。
彼がこんな風に自分から話しかけるのは、雛が知る限り、夏樹だけだからだ。
夏樹に向けられるまなざしは、ほかの誰《だれ》に対するものとも違う。
見ているこちらがはずかしくなるぐらい、たしかな「熱」があった。

（目は口ほどにものを言う、だっけ）

つい先日、授業で聞いたばかりのことわざが頭をよぎった。

古典担当の明智《あけち》先生が、とある和歌を解説するときに引用したのだ。その場ではじめて聞いたわけでもないのに、やけに印象に残っていた。

『別に本人は隠しているつもりはなくて、それどころか自分が恋《こい》をしているって気づいてなくても、周りの人たちには好意がだだ漏《も》れしているケースって意外と多いと思うよ』

大真面目《おおまじめ》な顔で言う先生に圧倒《あっとう》されたように、クラス中が静まり返った。

もっとも沈黙《ちんもく》は長く続かず、男子たちが「おまえ、あいつのこと好きだろ？」と推理合戦をはじめてしまい、授業が脱線《だっせん》することになったのだけれど。

（恋雪先輩《せんぱい》の場合も、まさにだだ漏れだよね）

そろりと顔を上げると、恋雪は夏樹と楽しそうに話していた。

言葉の端々《はしばし》から、どうやら二人が貸し借りしているマンガについての話だとわかる。

これまでにも何度となく見たことのある光景だ。


ざらり。

ふいに襲《おそ》ってきた砂を嚙《か》むような感覚に、雛は眉《まゆ》をひそめる。

（やだな、まただ……）

恋雪を見ていると、むしょうに心がざわつくことがあった。

年上相手に失礼だとは思うけれど、あきれるくらいに不器用なのだ。


夏樹が誰を見ていても、恋雪は決して視線をそらさない。

それでいて、傷ついたような顔をする。

やがて、仕方がないと言いたげにため息をつく。


この繰《く》り返しだ。

そんな現場を目撃《もくげき》するたびに、雛は苛立《いらだ》ちを募《つの》らせていた。

いっそのこと、「見てるほうがイライラします！」と言ってしまいたかったけれど、今日までなんとか思い留《とど》まってきた。

ただ待ってるだけで、ふり向いてもらえるわけないじゃないですか！
自分のこと見てほしいなら、そう言ったらいいんですよ。
じゃなきゃ、一生このままです。
だってなっちゃんは、お兄ちゃんのことが好きなんだから。

そんな風に感情のままに言葉にしてしまえば、恋雪を傷つけてしまう。
下手《へた》をすれば、夏樹と優の関係にも影響《えいきょう》を及《およ》ぼしてしまうかもしれない。
頭の片隅《かたすみ》で冷静な自分がそうささやくから、結局は雛も「見ているだけ」だった。
けれどそれも、そろそろ限界に近づいてきている。

（……ま、そのときはそのときだよね。はい、おしまい！）

雛は勢いよく頭をふり、強引《ごういん》に思考を切り替《か》える。
夏の匂《にお》いを胸いっぱいに吸いこみ、こみ上げる暗い気持ちを飲み干した。

「何やってんだよ、雛のやつ」

＊　＊　＊　＊

濡《ぬ》れた髪《かみ》から落ちた水滴《すいてき》が窓の桟《さん》に跳《は》ねるのと同時に、低い声がこぼれる。

朝練後にシャワーを浴びてせっかくさっぱりしたところだったのに、雛の姿を見つけてこっそり眺《なが》めていると、たった一瞬《いっしゅん》で不快感がこみ上げてきた。

虎太朗は髪をふくのも忘れ、雛の前を歩く男女二人組に目を凝《こ》らす。

なんとなくそんな気はしていたが、やはり夏樹と恋雪だった。


(夏樹たちは気づいてないのか……?)

それなりに距離《きょり》が空いている上、背後にいる雛から声をかける様子はなかった。

あれでは夏樹たちが気づかなくても仕方がない。

頭ではそう思うのだが、虎太朗は納得《なっとく》できずに二人をにらみつけてしまう。

（んだよ、雛に見せつけてるみたいじゃね？）

ただの言いがかりなのはわかっている。

夏樹も、癪《しゃく》ではあるが恋雪だって、そんなつもりはないはずだ。

だが雛の目にはどう映るだろう。

自分のことはまるで眼中にないように、二人で仲良く話しこんでいる図を見せられたら、さすがに落ちこむに違《ちが》いない。そうに決まっている。


（夏樹があいつを拒否《きょひ》れば片づくけど、まずありえねーし）

その場の空気を読むのは上手《うま》いくせに、自分に向けられる好意にはとことん鈍《にぶ》いのだ。

真っ向から告白しない限り、恋雪の想《おも》いにも気づかないに違いなかった。

かといって、恋雪にそんな度胸があるとも思えない。

だからいつまでたっても恋雪は、そして雛も、一方通行のままなのだ。


「……チッ」

「こーたちゃん！」

虎太朗が舌打ちすると、タイミングを計ったように背中を叩《たた》かれた。

ふざけた呼び方にも文句を言ってやりたいが、咳《せ》きこんでしまってかなわない。

言い返せないのをいいことに、相手が肩《かた》に手を回してきた。


「ずいぶん熱心だね、何見てんの？」

「シ、シバケン、おまえなあ……」

「ん？　んんー？　あ、なんだ、まーた瀬戸口か」

「せめて人の話聞けよ！」


シバケンこと柴崎健《しばさきけん》は、虎太朗の抗議《こうぎ》もどこ吹《ふ》く風で聞き流している。

中学からのつきあいとあって、良くも悪くも遠慮《えんりょ》がなかった。


「そういえば虎太朗って、瀬戸口さんと幼なじみなんだっけ」


紙パック片手にズゴーッと音を立てながら、山本幸大《やまもとこうだい》が虎太朗の隣《となり》に立った。

どこからともなく現れたと思ったら、これだ。

ひたすらマイペースな彼とも、同じ中学出身だった。とくにこれといった共通点はないのだが、柴崎含《ふく》め、気がつけば三人でつるんでいることが多かった。

「幼稚園《ようちえん》のときからの腐《くさ》れ縁《えん》」

「言い直さなくてもいいのに」

めずらしく表情を緩《ゆる》ませ、山本が苦笑《くしょう》する。

なんだかいたたまれなくなって、虎太朗はもごもごと「ほっとけ」だの「こういうのは正確にしとかないとだろ?」だのと口の中でつぶやく。

すると柴崎が、再び虎太朗の肩に腕《うで》を回してきた。

何を言い出すつもりなのか、その顔はニヤニヤと笑っている。

「あらら―、長い片想いですこと」

「……はっ?」

「瀬戸口のどこが好きなの?　やっぱ胸?」

「はあああ?」

片想いって、やっぱって、なんなんだ！

つか、どこ見てんだよ⁉

ほかにも言ってやりたいことは山のようにあったが、声に出すことはできなかった。

顔が一気に熱くなり、頭もクラクラしてきたからだ。


ツッコミ不在とあって、柴崎がさらに続ける。

「けどさ、あーいうタイプってつきあったら面倒《めんどう》くさそーじゃね？　なんっか重そう」

（つきあったら？　つきあったらって、俺と？　雛が？）

思わず想像してしまい、虎太朗は慌《あわ》てて頭をふる。

その拍子《ひょうし》に水滴が周囲に飛び散ったらしく、柴崎から非難の声が上がった。


「ちょ、おい、頭ふるなって！　おまえは犬かっ」

「というか、シバケンが軽すぎるんだと思う」

紙パックを器用に折りたたみながら、山本が淡々《たんたん》と言う。

柴崎はぽかんと口を開け、「解《げ》せない」とつぶやく。

「なんで俺、いきなりディスられてんの？」

「最初に瀬戸口さんのこと重いって言ったのは、そっちだろ」

「ああ、一応話続いてたのか……」


嚙《か》みあっているような、いないような会話を横目に、虎太朗は息を整える。

（まあコイツも、別に悪気があって言ったんじゃないだろうし……）

柴崎はチャラい、とにかくチャラい、ひたすらチャラい。

だが性格は悪くないし、ルーズなだけではないことも知っていた。

派手な言動で本音を隠《かく》すところは、春輝に似ているとも言えなくもない。

（つっても春輝は、演技じゃないけどな）


「こたちゃんは？　こたちゃんは、どう思ってるわけ？」

「……おまえが軽すぎるんだと思う」

発言をそのまま返した虎太朗に、柴崎はわざとらしく肩をすくめた。

「そうかあ？　普通《ふつう》じゃね？」

「これだよ……」

虎太朗の苦笑いにかぶるように、着信音が鳴り響《ひび》いた。

すぐに柴崎がズボンのポケットを漁《あさ》り、機種変更《へんこう》したばかりのスマホを取り出した。

「あ、マイちゃーん！　今日のデートさー……えー、あっ、まじでぇ⁉」

『そうなの、すごくない？　プレミア試写会だから、カメラも入るんだって！』

音量設定のせいなのか、通話相手の声まで聞こえてくる。

虎太朗が小声で「響いてんぞ」と指摘《してき》すると、柴崎はひらひらと手をふり、教室のドアへ向かって行った。


やれやれと息をつき、虎太朗はもう一度ちゃんと髪《かみ》をふきはじめる。

さりげなさを装《よそお》って窓の外を見たが、そこにはもう雛たちの姿はなかった。

（あのまま夏樹とアイツに気づかれないように、後ろ歩いてったのかな……）


「虎太朗」

「んー？」

首を横に巡《めぐ》らせると、山本がじっとこちらを見ていた。

なんとなくいつもと雰囲気《ふんいき》が違《ちが》うような気がして、虎太朗はごくりと息をのんだ。

「あのさ」

「お、おお」

「シバケンの言うこと、気にしなくていいから」

「えっ……」

予想外の展開だ。

まさか山本がそんなことを言うとは思わず、虎太朗は固まってしまう。

（こいつ、こんなキャラだったっけ……？）

いつもテンションが一定で、他人に踏《ふ》みこみすぎないタイプだと思っていた。

「瀬戸口さんはモテるだろうけど、焦《あせ》らず自分のペースでがんばんなよ」

「……おまえさ、俺が雛のこと好きだって前提で話すのな」

「あれ、違った?」

(いいえ、正解です)

山本の観察眼に冷《ひ》や汗《あせ》をかきながら、虎太朗はあいまいに笑って返す。

少しでも口をゆるめたら最後、墓穴《ぼけつ》を掘《ほ》ってしまう自覚はあった。


(にしても俺、そんなにわかりやすいのかあああ!)

中学時代、なぜか虎太朗の雛への好意は周囲にバレバレだったらしい。

しかし幸か不幸か、周りがいくらそのことを話題にしても、雛は本気にしなかった。

それどころか、ちょっとうんざりした顔をしながら「からかわないでよ」とか「虎太朗はただの幼なじみなの!」などと、決まり文句のように言い返すだけだ。

(つっても、いまさら雛に意識されても困るよな……)


雛は想《おも》いを寄せる先輩《せんぱい》を追って、この桜丘高校に入学したのだ。

いまのところ二人の距離《きょり》が近づいたようには見えないが、少なくとも雛の頭の中は、これまで以上に恋雪のことでいっぱいになっているだろう。

そんなところに力任せに突《つ》っこんでいっても、勝ち目はない。

（……けど、持久戦になったら負けねえ）

予鈴《よれい》が鳴るのを聞きながら、虎太朗はぐっと拳《こぶし》を握《にぎ》りしめる。

彼女の手をひっぱるのは、この先もずっと自分の役目だ。

幼い頃《ころ》、遊びに連れ出したときよりもずっと大きくなったこの手で。

＊ ＊ ＊ ＊

（すっかり遅《おそ》くなっちゃったな……）

雛はなんともいえない疲労感《ひろうかん》を抱《かか》えながら、夕日に染まった廊下《ろうか》を歩く。

窓から校庭を眺《なが》めていると、いますぐ走りに行きたくて足がうずうずしてくる。どこにも、誰《だれ》にもぶつけられないこのモヤモヤを、一秒でも早く吹《ふ》き飛ばしたかった。

（でも、こういう日に限って部活が休みっていうね！）

ツイてないとため息をつきながら、教室のドアを開ける。

放課後の教室には、親友の小金井《こがねい》華子の姿しか見当たらなかった。

無理に明るくふるまう必要がないとわかり、雛は肩の力を抜いた。

「ごめん、お待たせ」

「お帰り。今回はまた粘《ねば》られたみたいだね」

苦笑《くしょう》する華子に、雛は黙《だま》って首を縦にふる。

今日雛を呼び出してきたのは、隣《となり》のクラスの男子だった。

雛にとってはぼんやりと顔に見覚えがある程度で、さっきまで名前も知らなかったし、しゃべったこともほとんどないはずだ。

けれど彼は「一目ぼれです、つきあってください！」と言ってきた。

気持ちはありがたかったが、雛には丁重《ていちょう》に断る以外の選択肢《せんたくし》はなかった。

しかし相手は納得《なっとく》がいかないとばかりに「どんな人がタイプですか？　誰か好きな人がいるんですか？」とまくし立て、じりじりと壁際《かべぎわ》まで追い詰《つ》めてきた。

（あれは私のことが知りたいっていうより、理由が欲しかったんだろうな……）

好きな人には、自分以外に好きな人がいた。

だからフラれても仕方がない。
彼はきっと、そんな風に自分を納得させたかったのだろう。

(……好きな人、か)
その場は走って逃《に》げたけれど、いまも心の中でぐるぐると質問が渦《うず》を巻いていた。
好きなタイプは、ブラコンと言われようとも兄の優だ。
では好きな人はと聞かれると、途端《とたん》に答えに詰まってしまう。
頭の中に浮《う》かぶ人物はいるけれど、それは——。

「やっぱり雛は、あの人がいいんだ?」
沈黙《ちんもく》を破ったのは、華子の静かな声だった。
疑問形ではありつつも、それは確認《かくにん》するような響きを帯びていた。
だが華子は雛の返事を待つことなく、意味ありげに開けっ放しの窓の外に視線をやる。
この時間の中庭には誰がいるのか。
確認しなくても答えを知っていたけれど、雛の足は勝手に窓に向かって動いていた。

窓の桟《さん》に両手をつき、えいっと勢いをつけてのぞきこむ。

(やっぱり！　絶対そうだと思った)

予想通り、ジャージ姿の恋雪が中庭の花壇《かだん》にしゃがみこんでいた。

すぐ横にはビニール袋《ぶくろ》が置かれ、手際よく抜《ぬ》かれた雑草が投げこまれていく。

その丁寧《ていねい》な仕事ぶりは見ていて気持ちがいいし、実に彼らしかった。

(先輩の髪《かみ》、ふわふわーってなってる！　なんか猫《ねこ》のしっぽみたーい)

細やかな動きに合わせて、恋雪のやわらかな髪が揺《ゆ》れている。

雛は頬《ほお》が緩《ゆる》んでいくのを感じたけれど、ふいに「あっ」と短く叫《さけ》んだ。


「雛？　どうかした？」

「……相変わらず、先輩一人なんだと思って」

「え？　あ、そういえば……」


食い入るように恋雪の背中を見ながら、雛はぐっと唇《くちびる》を噛《か》む。

四月から今日まで、恋雪が新入部員を入れようとがんばっているのは知っていた。

だがなかなか成果は上がっていないようで、夏休みを目前にしたいまも新入部員はゼロ。このままいけば最悪の場合、恋雪が卒業すると廃部《はいぶ》になってしまうのではないだろうか。

(大丈夫《だいじょうぶ》かな？　先輩、どうするつもりなんだろう？)


園芸部は一見地味なわりに、重労働だ。

正直なところ、なぜ恋雪があんなにも一生懸命《いっしょうけんめい》なのか不思議に思っていた。

(陸上部も練習めちゃくちゃ厳しくてキツィけど、走るの好きだし、達成感あるから続けてるけど……部員が自分だけになっちゃったら……)

はたして恋雪のように、たった一人でも活動できるだろうか。

たぶん、答えはノーだ。

走るのが好きだという気持ちひとつでは、きっと続けられない。


いつも楽しそうに花の世話をしていたから、これまで気にしたことがなかったけれど。

彼が園芸部にこだわる理由は、いったいなんなのだろう。

家が花屋だったり、ご両親が植物学者だったりするのだろうか。

それとも恋雪自身が、園芸にまつわる職業を目指しているのだろうか。

考えれば考えるほど恋雪が遠くなっていくようで、窓の桟を握《にぎ》る指に力が入る。

(……私、先輩《せんぱい》のこと全然知らないんだなあ……)

「ここでそんな顔してるより、直接声をかけてきたら？」

そう言って、華子がやさしく肩《かた》を叩《たた》いた。

けれど雛には「そんな顔」の心当たりがなく、ぺたぺたと頰をさわって確認してしまう。

すると華子は「やっぱり気づいてないんだ？」と苦笑した。

「でもさ、このままじゃあとで……」


ガッシャーン！

華子の言葉をさえぎるように、窓の外で大きな音が鳴り響《ひび》いた。

続けて、恋雪の焦《あせ》った声が聞こえてくる。

(な、何？　何が起きたの……!?)

慌《あわ》てて確認すると、恋雪が花壇の前であたふたと両手を躍《おど》らせていた。

どうやら立ち上がるときにひっかけたらしく、足元にはスコップやバケツが転がり、せっかく集めた雑草がビニール袋からこぼれ出していた。

「私、ちょっと行ってくるね！」

華子の返事を待たずに、雛の足は動き出していた。

靴《くつ》を履《は》きかえる手間も惜《お》しくて、上履きのまま花壇まで走り切ってしまう。

五分とかからず到着《とうちゃく》したけれど、恋雪はすっかり片づけを終えて一息ついていた。

自分から声をかけるのは、いつぶりだろう。

意識した途端に喉《のど》が締《し》まるのがわかり、雛は勢い任せに名前を呼んだ。

「こっ、恋雪先輩……！」

「は、はい！　あれ、瀬戸口さん？　どうかしました？」

「どうかしたのは、そっち！　すごい音しましたけど、大丈夫ですか？」

「大丈夫です、けど……」

(けど、なんなの？　まさかケガしてるとか⁉)

口ごもる恋雪に、さーっと血の気が引いていくのがわかる。

雛はさらに一歩近づき、思わず叫んでいた。


「どこか痛むなら、言ってください！」

「あ、いえ、瀬戸口さんが上履きのままだなと思って」

「こっ、これは、急いでたから……っ」

「そうだったんですね。心配かけてすみません、ありがとうございます」


どこか気恥《きは》ずかしそうな恋雪に笑いかけられ、雛の鼓動《こどう》が大きく跳《は》ねた。

その上、どんどん顔が赤くなっていくのがわかる。

恋雪に何か言われる前に手を打たなければと、雛は大げさにため息をつき、やってられないとばかりに両手で顔を覆《おお》ってみせた。


「あの、瀬戸口さん……？」

「いつになったら園芸部に人が増えるんですか？　先輩一人じゃ、危ないですよ」

「あはは……。誰《だれ》かいい人が見つかればいいんですけどね」

「先輩のアピールが足りないんじゃないですか？　一回断られたら、そのままおとなしく引き下がってるんでしょ？　ダメですよ、粘《ねば》らなくちゃ」


かわいくないことを言ってしまった。

言った張本人の雛でさえ眉《まゆ》をひそめたのに、恋雪は苦笑《くしょう》を浮《う》かべるだけだ。

そうかと思うと、ふいに笑《え》みを消し去り、真面目《まじめ》な表情でじっとこちらを見つめてきた。


「それじゃあ、瀬戸口さんを誘《さそ》ってみてもいいですか？」

「へっ？」

「もし興味があったら、僕と一緒《いっしょ》に……」


続く言葉を期待して、心臓が暴れ出す。

高校に入って園芸部の現状を知ってから、秘《ひそ》かにずっと考えていたのだ。

もしも恋雪が誘ってくれたときは、絶対素直《すなお》にうなずくのだと。

（先輩、私……私は……）

「あ、ダメだ。瀬戸口さん、陸上部ですもんね」

うっかりしてました、と言いながら恋雪が頰《ほお》をかいている。
雛はとっさに何が起きたのかわからず、ぽかんと口を開けたまま見つめ返してしまう。
（私、先輩に陸上部だってこと言ってないよね……？）
ざっと思い返してみるけれど、高校に入ってから部活の話はしていないはずだ。
では、なぜ恋雪は知っているのだろう。
酸素の足りない頭では、自分に都合のいい答えしか思い浮かばなかった。

（……やっぱり、目が合ってたんだ？）
うれしくてたまらなくて、いてもたってもいられなくなる。
けれど恋雪の言葉を嚙《か》みしめるうちに、そんな場合ではないと気がついた。
彼は「陸上部ですもんね」と告げる前に「ダメだ」と言ったのだ。

(なんで？　兼部《けんぶ》って手もあるじゃん)

その選択肢《せんたくし》の存在を恋雪も知っているはずなのに、一向に提案される気配はない。

自分から言うのもなんだか悔《くや》しくて、雛はぐっと唇《くちびる》を噛みしめる。

(ホントなんなの？　やっぱ見っててイライラする！)

「時間とっちゃって、ごめんなさい」

「……別に。花が心配だっただけなので」

言うだけ言って、雛はくるりと背を向けた。

少しでも早くこの場を去りたくて爪先《つまさき》に力を入れた瞬間《しゅんかん》、小さな声が投げかけられた。

「それでも、うれしかったです」

聞き逃《のが》してしまいそうな声量だったのに、この鼓膜《こまく》はしっかりと拾っていた。

ほかならぬ恋雪の声だったからだ。

それがますます悔しくて、雛は聞こえなかったふりをして走り出した。

（……いつも、こう……）


雛が恋雪の視界に入れるのは、自分から近づくほんの短い時間だ。

目があえば笑いかけてくれるし、話しかけてもくれる。

だがそれは雛が恋雪を追いかけているからで、大勢の中から探してもらえるわけではない。

恋雪が追いかけているのは、夏樹ただ一人なのだから。


（そんなの、わかってたことじゃん……）

言い聞かせたそばから、反発するようにツキン、ツキンと胸が痛む。

せっかくひさしぶりに恋雪と話せたのに、これだ。

雛は暴れ出しそうな感情を持て余し、またひとつため息をついた。


そうしてうつむき加減に歩いていたから、雛は今日も気がつかなかった。

廊下《ろうか》の窓から投げかけられる、誰かの視線に。

Yu Setoguchi

お兄ちゃん(*^ー゜)

自慢の兄☆

瀬戸口《せとぐち》 優《ゆう》

高3。かに座のAB型。
やさしいし、頭もいいし、
学校でももてるみたい。
なっちゃんのこと……。

・(>ω<;)　・・・(>ω<;)　・・・(>ω<;)　・・・(>ω<;)

count 3 ～カウント3～

count 3 ~カウント3~

ぺたん、ぱたん。

上履《うわば》きが立てる気の抜《ぬ》けた音が、校舎から部室棟《とう》へと続く渡《わた》り廊下《ろうか》に響《ひび》き渡る。

辺りはしんと静まり返っていて、余計に音が耳についた。


「先生たち一気にノート集めすぎだよ。華子に手伝ってもらえばよかった」


雛は腕《うで》をさすりながら、ぶつぶつとひとりごとをもらす。

日直当番は普段《ふだん》から雑用が多いと思っていたけれど、今日の雛は過去最高レベルの仕事量を与《あた》えられていた。次から次へと先生たちから頼《たの》まれ事が降ってきた挙句、二限目の体育以外、プリントやノートの回収のため、教室と職員室を何往復もさせられている。

その結果、部活の開始時刻にも遅《おく》れるハメになってしまったのだった。

もちろん事情を話せば、先輩《せんぱい》たちもわかってくれるだろう。

急いで準備をすれば、いまからでもみんなと一緒《いっしょ》に外周を走りに行けるはずだ。

思い切り身体《からだ》を動かして、とにかく頭をすっきりさせたかった。


「……恋雪先輩、今日も部活出てるんだろうなあ」


渡り廊下から仰《あお》ぎ見る空は、憎《にく》たらしいほど青い。

恋雪は受験生にもかかわらず、基本的に雨天以外の放課後は部活動に勤《いそ》しんでいる。

中庭以外にも職員室前や校庭の隅《すみ》にある花壇《かだん》の世話もしているため、ハードル走の練習中に、自然と視界に入ってくるのだ。

(どうせまた女子に囲まれてるんでしょ？　知ってるよ、もう！)

雛は怒《いか》りに任せて、ジャージの入ったカバンのベルトを強くつかむ。


「事件」が起きたのは先週月曜、朝練後のことだった。

階段をのぼっていると、三年生の教室がある二階の廊下から黄色い声が聞こえてきた。

てっきり聖奈が登校してきたのかと思い、雛もついのぞきに行ってしまった。

『見て見て！　あの人、ちょっとカッコよくない？』
『えっ、やばい！　あんな人、ウチの学校にいた？』

二人とも声をひそめていたけれど、興奮しているのは明らかだった。
すぐにほかの生徒たちもざわつき出したため、雛もほんの好奇心《こうきしん》で後ろを見た。

次の瞬間《しゅんかん》、その場で固まってしまった。
ふり返った先にいたのは、髪《かみ》を切り、眼鏡《めがね》を外した恋雪だったのだ。

（えっ、なんで？　恋雪先輩、どうしちゃったの……？）

あのとき、雛はなぜか動揺《どうよう》してしまった。
真っ白な頭でぼうっと恋雪の横顔を見つめ、そして気がついた。
恋雪が変わったのは、外見だけではないのだと。
まとっている空気すら違《ちが》っていて、雛は思わず息をのむ。

（先輩、本気で変わろうとしてるんだ）

教室の前に立った恋雪は深呼吸を繰《く》り返してから、ゆっくりと顔を上げた。
そして瞳《ひとみ》に強い光をたたえ、ひと思いにドアを開けた。

『お、おはよう』

廊下の端《はし》にいる雛のもとまで聞こえるくらい、はっきりとした声だった。
遅れて教室からちょっとした歓声《かんせい》が上がり、恋雪ははにかみながら中へと入っていく。
『綾瀬くん、そんなキレイな顔してたんだ⁉　なんで隠《かく》してたの、もったいなーい』
『マジで？　マジでゆきちゃんなわけ？　うえぇ、詐欺《さぎ》だろー』
続けて聞こえてきた声に、雛は苦虫を嚙《か》み潰《つぶ》したような顔になる。
いますぐ教室まで走って行って、お腹《なか》の底から叫《さけ》んでしまいたかった。
「あなたたち、いままで先輩のどこ見てたんですか！」と。

恋雪は土日で一気に背が伸《の》びたわけでもなければ、突然《とつぜん》美形になったわけでもない。うっとうしかった髪を切り、眼鏡をコンタクトに変えただけだ。

（みんな、知らなかったくせに……見ようともしなかったくせに……）

これからは手のひらを返したように、彼に近づく女子生徒が増えるのだろう。

そんな未来がまざまざとまぶたに浮《う》かんで、雛は廊下を走り去った。

（——で、実際そうなったっていうね）

変身後、恋雪は行く先々で女子に囲まれるようになっていた。

話しかける口実として「私、園芸部に興味があるんだよね」などと言い出す強者《つわもの》も現れ、そのたびに恋雪は部活に入らないかと真剣《しんけん》に勧誘《かんゆう》する。

けれど彼女たちは恋雪と話ができたことに満足して、決して入部はしないのだ。

次第《しだい》にその方法を真似《まね》する女子も現れ、恋雪は時間だけとられて部に入ってもらえない上、周りをうろつく人が増えるなど状況《じょうきょう》が悪化していた。

（こんなことになるなら、自分から兼部《けんぶ》しますって言えばよかったかも……）

鉄は熱いうちに打て。覆水盆《ふくすいぼん》に返らず。蒔《ま》かぬ種は生えぬ。

受験のときに必死に頭につめこんだことわざが、ぼたぼたとこぼれてくる。

認めたくはないけれど、完全にタイミングを逃《のが》してしまったらしい。


（いま入部したら、絶対！　悪目立ちするよね）

恋雪本人はともかく、周囲からは確実に恋雪目当てだと思われるだろう。

追っかけの女子たちにしても、雛を口実にして続々と入部してくるに違いない。部員が増えるのはいいとしても、恋雪の卒業とともに退部されたら困ってしまう。

（そんなことになったら先輩に迷惑《めいわく》かけるし、それに……）


「あっ、ゆきちゃーん！　今日も部活？　お疲《つか》れさま」

「その花、どっかに植え替《か》えるの？」

渡り廊下の向こう、中庭に続く道から、やけに弾《はず》んだ声が聞こえてきた。

嫌《いや》なら見なければいい。

そう思うのに、ふり返らずにはいられなかった。

まさに噂《うわさ》をすれば影《かげ》がさすで、恋雪が追っかけの女子二人に話しかけられている。

(ゆきちゃんって呼んでたし、三年生かな……)

恋雪は戸惑《とまど》ったような表情を浮かべていたけれど、園芸部の活動を宣伝するチャンスとあって、おだやかな笑《え》みで応じはじめた。

手にした植木鉢《うえきばち》を見せながら、興味を持ってもらおうと一生懸命《いっしょうけんめい》だ。


「……私のほうが……」

「私のほうが先に目をつけてたのに！」


雛のひとりごとをかき消すように、からかうような声が重なった。

面倒《めんどう》くさいと思いながらもふり返ると、高見沢《たかみざわ》アリサが猫《ねこ》のように目を細めていた。


彼女とは中学からのつきあいで、高校に入ってからも同じクラスで机を並べている。

華子のように特別仲がいいわけではないけれど、お互《たが》い連絡先《れんらくさき》を交換《こうかん》しているし、おすすめのスイーツの話題で盛り上がることも少なくなかった。

（これで恋雪先輩《せんぱい》にちょっかいを出さなければなあ……）

そうしたらもっとつきあいやすくなるはずなのに、残念ながらアリサの「ウザ絡《がら》み」は中学時代から変わることなく続いていた。

「残念だったね、瀬戸口さん」

「……何が？」

「ちょっと、危機感ないの？　余裕《よゆう》ぶってる暇《ひま》ないと思うけど」

そう言って薄《うす》付きのネイルを塗《ぬ》った指先が、渡《わた》り廊《ろう》下《か》の向こうを示した。

雛が渋々《しぶしぶ》そちらを向くのを待って、アリサはさらに続ける。

「あそこで恋雪先輩の気を引こうとがんばってるの、三年生でしょ？　なら瀬戸口さんよりずっと接点多いだろうし、油断してたらあっという間だと思うけど」

あっという間に、何が起こるというのだろう。

なおも肝心《かんじん》なところをぼかす彼女に疲れを覚えはじめ、雛は「はあ」と生返事をする。

「……この際だから、言わせてもらうけど」

雛の反応が不満だったのか、アリサがめずらしく真顔になる。

思わず身構える雛に、彼女は一息にまくしたてた。

「あの人たちなんかじゃ恋雪先輩はオトせない、中学のときから知ってる自分のほうが有利だって、そう思ってるんでしょ」


(え、何これ……)

突然のことに、雛はぼう然と瞬《まばた》きを繰り返す。

気のせいでなければ、雛が恋雪のことが好きだという前提で話が進んでいないだろうか。

彼女とは一度もそんな話をしたことがないのに、なぜか自信満々だ。

「でもそれ、瀬戸口さんのカン違《ちが》いなんじゃないの？　中学のときに何もなかったわけだし、恋雪先輩にとったら、あなたのほうが『いまさら』ってことになるんじゃない？」


はいはい、勝手に言ってれば。

頭の片隅《かたすみ》ですぐに返事は見つかったのに、なぜか口にできなかった。

対するアリサは、黙《だま》りこむ雛を見てさすがに言いすぎたと思ったのか、気まずそうな表情を

浮かべると、ふいっと床《ゆか》に視線を落とした。

気まずい沈黙《ちんもく》が続く中、先に動き出したのはアリサだった。

「瀬戸口さんを見てるとイライラする」と言い残し、上履《うわば》きのまま中庭へと走り出した。

そして恋雪に向かって、甘えた声で呼びかける。


「ゆきちゃーん！　私、手伝うよー」


（うわ、相変わらず別人みたい……）

さっきまで雛が聞いていた声とはまるで違う、いっそ感心してしまうほどの変わり身だ。

アリサは恋雪と、そして聖奈の前でだけは猫を被《かぶ》っている。

（まあ、聖奈さんのことは純粋《じゅんすい》に憧《あこが》れてるみたいだけどね）

本人に聞いたことはないけれど、髪型《かみがた》も意識して真似しているのだろう。

男子にばかり囲まれているアリサと、女子からも人気の聖奈。

タイプが違う以上、すべてを参考にするのは厳しいはずだ。

けれどアリサは中学時代から一貫《いっかん》して、聖奈が出ている雑誌を熟読し追いかけている。

「ホント、よくわかんない……」

そうつぶやいてみたけれど、アリサに図星をさされた部分もあった。

少なくとも「あの人たちなんかじゃ恋雪先輩はオトせない」と思っているのは事実だ。

(だって恋雪先輩は、なっちゃんのことが……)


雛は一方的に突《つ》きつけられた言葉を抱《かか》えたまま、しばらくその場に立ち尽《つ》くしていた。

恋雪の背中を見つめながら、心の中で思わずにはいられなかった。

(先輩、こっちを見ないかな。もしこっちを向いてくれたら、私……――)


淡《あわ》い期待は外れ、恋雪は一度もこちらをふり返らなかった。

自分勝手な願いだと、声に出さずに伝わるわけはないこともわかっていた。

けれど胸は痛むし、何かがツンとこみ上げてくる。

そんなもやもやとした感情にとらわれたくなくて、雛は全速力で渡り廊下を走り切った。

* *　* *

ベッドの上でごろりと転がり、雛は枕元《まくらもと》のケータイを手にとる。

ついさっきも同じことをしたばかりなのに、日付と時間を確認《かくにん》してため息がもれた。


「次に会えるの、いつだろう……」


自分で言っておきながら、雛はむっと眉《まゆ》をひそめる。

意地を張って恋雪を避《さ》けているうちに、気がつけば夏休みに突入《とつにゅう》していた。

雛のほうから話しかけることはほとんどなかったから、あっけないほど恋雪との会話はなくなった。それはもう、いっそ笑ってしまうくらいに。

その間にも恋雪の取り巻きは増える一方で、ますます近づきにくくなってしまった。


たとえば、朝練終わりに教室からぼんやりと外を眺《なが》めているとき。

登校してくる恋雪と目があうと、会釈《えしゃく》もせずに、すぐに窓から顔をひっこめた。

たとえば、廊下や階段でばったり会ってしまったとき。

友人との会話に夢中なふりをしたし、一人のときは急いでいるふりをして走り去った。

そして、部活の練習中のとき。

恋雪の視線を感じることがあったけれど、気づかないふりを押し通した。

あからさまに避けようとする雛に、恋雪が不思議がっているのは伝わってきた。

だからといって理由を聞いてくるわけでもなく、それが余計に雛をイライラさせていた。

（ただの八つ当たりだって、わかってるんだけど……）


バタンッ！

突然の騒音《そうおん》に驚《おどろ》き、雛はベッドから跳《は》ね起きる。

音の大きさから察するに、誰《だれ》かが力任せに玄関《げんかん》のドアを閉めたようだ。

続けて、ドタドタと足音が響《ひび》いてくる。

階段をのぼりきるころにはそれなりに勢いがそがれたものの、勢いよくドアを閉めた振動《しんどう》が隣《となり》の雛の部屋まで届けられた。

（お兄ちゃん、怒《おこ》ってるよね？　かなりっていうか、わりとガチで）

たった一瞬《いっしゅん》で眠気《ねむけ》が吹《ふ》っ飛び、さーっと血の気が引いていくのがわかる。

優は雛に対して口うるさいけれど、それは面倒見《めんどうみ》がいいからだ。

妹だからといって簡単に甘やかしてくれない反面、兄だからといって変に威張《いば》ったこともなければ、横暴な態度をとることもなかった。

温厚《おんこう》なタイプとはまた違うけれど、ものに当たるようなことはしない。


(もしかして、またなっちゃんと何かあったのかな……?)

少し前から、優と夏樹の間に、妙《みょう》な空気が流れるようになっていた。

ケンカしたわけではないようだったし、それとなく探《さぐ》りを入れたときも、二人は「いつも通りだよ」「いつも通りだろ」と声をそろえた。

(でも、なーんかよそよそしいっていうか、びっみょーに距離《きょり》あるんだよね)


そこまで考えて、はたと気がついた。

もしかしなくても、それとなく探りを入れたのがよくなかったのだろうか。

とくに夏樹に対しては、余計なことまで言ってしまった気がする。

あれは夏休み前、いつものように夏樹が優の部屋を訪《おとず》れたときのことだった。

たまたま優が外出していたため、雛は帰ってくるまでゲームをしようと誘《さそ》った。そしてゲーム機をセットする間、世間話のノリでつい口走ってしまったのだ。

『なっちゃんになら、お兄ちゃん譲《ゆず》ってあげる』

『それとも、恋雪先輩《せんぱい》のほうがタイプだったりする？』

いま思い出すだけでも、顔から火が出そうになる。

そして極《きわ》めつけが、ぽろっとこぼしてしまった一言だった。

『恋雪先輩は前からカッコよかったし、すっごくやさしいのに』

あのとき夏樹は、どんな顔をしていただろう。

雛の声が小さくて聞こえなかったのか、どうリアクションしていいか困ったのか。

どちらにしても、思い返すといたたまれなかった。

（なっちゃん、絶対気にしたよね……）

雛の余計な発言が原因で、優と夏樹がギクシャクするようになってしまったのだろうか。

もしあの二人が本当にケンカしているなら、仲裁《ちゅうさい》に入るのは逆効果だ。

妹歴一五年で学んだのは、こういう場合、兄を気分転換《てんかん》させるのがベストだということだ。

(お兄ちゃんって変なとこ不器用で、ストレスためこみやすいしね)

雛は勢いよくベッドから降りると、隣の部屋へと向かった。


ドアの向こうはしんと静まり返っていて、人の気配が感じられない。

何度かノックしてみるけれど、一向に返事はなかった。


「お兄ちゃん、いないのー？　いるなら、デートしよー？」


声をかけてみても、優は無言だった。

もう一度「お兄ちゃんってば！」と呼びかけると、ややあって足音が聞こえてきた。

いつになくゆっくりとドアが開き、中から仏頂面《ぶっちょうづら》が出てくる。


「……うるさい」

「私ね、来週から陸上部の夏合宿なんだ。お兄ちゃんも塾《じゅく》で忙《いそが》しくなるでしょ？」

不機嫌極《ふきげん》まりない声を聞き流し、雛は笑顔《えがお》で言い切った。

「……だから？」

「もう！　かわいい妹の誕生日をお忘れですか？」

「……ああ」

ふいに声の調子が変わった。毒気の抜《ぬ》けた、素《す》に近い声だ。

雛は優の気分を変えるという当初の目的を忘れ、いつもの調子でじろりと兄を見上げる。

「ありえなーい、お兄ちゃんホントに忘れてたでしょ？　受験勉強のしすぎだよっ」

「はいはい、すみませんね」

「感情がこもってなーい！」

抗議《こうぎ》のために左右の拳《こぶし》をふりあげると、途端《とたん》に優はふき出し、さっと視線をそらした。

この反応、きっとまたこどもっぽいと思われたのだろう。

（仕方ないなあ。ここは私がおとなになって、そういうことにしておいてあげるよ）

声には出さずに心の中でつぶやき、雛は悪戯《いたずら》っぽく兄に笑いかける。

「一緒《いっしょ》にプレゼントを選んでくれるなら、許してあげなくもないけど？」

「はいはい、わかりましたよ」

「だから、感情がこもってなーい！」


腰《こし》に手を当てて優の顔をのぞきこむと、そこにはやわらかな笑みが浮《う》かんでいた。

もしかしたら、全部お見通しだったのかもしれない。

（ほんと、素直じゃないんだから！）


優と夏樹には、上手《うま》くいってほしい。二人でしあわせになってほしい。

小さいころからずっと、そう思ってきた。

恋雪の想《おも》いを知ってからは、純粋《じゅんすい》に応援《おうえん》できなくなってしまったときもあるけれど。

それでも雛は、兄と未来の姉のために願わずにはいられなかった。

＊　＊　　＊　＊

それは、ほんの偶然《ぐうぜん》だった。

取り寄せを頼《たの》んでいたスパイクが一週間も早く届き、部活が休みだった虎太朗は、駅前の大型スポーツショップを訪れていた。

店の自動ドアをくぐったところで、ちょうど瀬戸口兄妹《きょうだい》と鉢合《はちあ》わせしたのだった。

「えっ、なんで優がここに？」

ぼう然とする虎太朗に、雛が優と腕《うで》を組みながら自慢《じまん》げに言う。

「デートに決まってるでしょ！　私の誕生日プレゼントを買いに来たの」

「あ、ああ、そうなのか……」

歯切れの悪い虎太朗に、雛は不審《ふしん》そうな表情を浮かべ、優は静かに苦笑いを見せた。

その笑みを見て、虎太朗は確信する。

優は自分が「なんでここに」と口走った理由を、その本当の意味を、知っているのだと。

(夏樹のやつ、めずらしく早起きして出かける支度《したく》してたから、てっきり優とデート？　にでも行くんだと思ってたのに……)

しかし実際には、虎太朗の目の前に優がいる。

それなら女友だちの美桜やあかりと一緒なのかと思ったが、どうも優の様子が変だ。

（つっても、うっかり質問して気まずい空気になるのもなあ）

ここは何も知らないふり、見なかったふりをしたほうがいいのではないだろうか。

虎太朗は「それじゃあ、お邪魔虫《じゃま》は消えますよ」と言って、さっと二人に背を向けた。

だが、こちらの気持ちを知ってか知らずか、優から声をかけられる。


「昼飯まだなら、ひさしぶりに一緒に食ってこうぜ」

「えぇー!? 私、お兄ちゃんと二人っきりがいい……っ」

虎太朗が返事をするより先に、雛から抗議の声が上がった。

やっぱりなと思いつつ、首だけ後ろにめぐらせる。

「妹サン、ああ言ってますけど？」

「こういう場合、出資者に決定権がある」

その一言が決定打になり、虎太朗も雛もぴたりと口を閉《と》ざした。

優はそんな二人を満足げに眺《なが》め、「さっさと会計済ませて移動すんぞー」と歩き出した。

連れられてきた先は、駅から少し離《はな》れたカフェだった。

天気がいいからとテラス席に案内され、虎太朗は全力で帰りたくなる。


(なんで俺、こんなオシャレ空間にいるんだ……)


雛が「カフェごはんがいい」と主張したところまではわかる。

クラスで華子たちと、しょっちゅうそんなことを言っているからだ。

予想外だったのは、優があっさりとうなずいた上に、穴場まで案内してくれたことだ。

(しかもここ、微妙《びみょう》に高いんじゃね?)

メニューを見ながら、虎太朗は手がぷるぷると震《ふる》えてきた。

自分が食べた分だけならまだしも、二人分をおごるとなるとそれなりの額だ。


「あのさ、優」

虎太朗は雛がトイレに立ったすきにと、正面に座る優にそっと耳打ちした。

「春輝のツテで何度かバイトしてるから、値段とか気にしなくていいぞ」

優はこともなげに言うと、ふっと目元をやわらげた。

「……俺、そんなに顔に出してた？」

いたたまれない気分で聞くと、優は遠慮《えんりょ》なく真顔でうなずく。

「メニュー見ながら、泣きそうになってた」

「うっわ、マジか！　かっこ悪《わり》ぃ……」


テーブルに肘《ひじ》をつき、メニューで顔を覆《おお》い隠《かく》すと、優からぶはっと笑い声が上がる。

うらめしげな視線を送る虎太朗に、優は咳払《せきばら》いをしながら言う。

「心配してくれてありがとな」

「……優ってさ、弟の俺に何も聞かないのな。その笑顔で、なんでも丸めこむわけ？」

「どうかな。少なくとも、なんでもじゃないとは思うけど」


優が言う「なんでもじゃない」には、夏樹のことも含《ふく》まれているのだろうか。

放っておけばいいのについ意識してしまい、虎太朗は口の中でもごもごしてしまう。

それに目ざとく気づいたらしい優は、不思議そうに首を傾《かし》げた。


「どうかしたか？」

「いや、とくに何も」

「ふーん？　あ、雛が戻《もど》って来る。いまの話は……」

「わかってる、黙《だま》っておけばいいんだろ」


虎太朗にしても、はじめから雛に言うつもりはなかったのだ。

そう付け加えると、優は目を細めて「ちゃんと成長してるじゃん」とつぶやいた。

からかうような響《ひび》きはあったが、こども扱《あつか》いとは違《ちが》う。

虎太朗はムズムズする口元をメニューで隠し、「おう」とだけ答えた。

(優のほうが断然『いい男』なのに、夏樹は何やってんだよ……)


雛が席に戻ってくると、会話が一気に複雑になった。

隣《となり》に座る優と話すときも、斜《なな》め前の虎太朗と話すときも、まったく視点が動かない。

ずっと優の顔を見たまましゃべるのだ。

(めんどくせー！　どうせ学校の誰《だれ》かに見られたら困るとか思ってんだろうな)

風が吹《ふ》いて気持ちがいいと思っていたが、テラス席にしたのは失敗だったかもしれない。

それとも、店内に座っても同じような態度を取られただろうか。

(綾瀬に見られたり、噂《うわさ》が耳に入るのが嫌《いや》なだけなんだろうけど……)

はっきりいって、いまさらだ。

虎太朗と雛が幼なじみなのは、中学のときから知られている。たとえカフェで二人だけで食事していたとしても、彼氏彼女だとは思われないだろう。

もっといえば、そもそも恋雪は雛の彼氏など気にしないはずだ。

あまり認めたくないが、彼の気持ちは一貫《いっかん》して姉の夏樹に向けられているからだ。


「そういや肝試《きもだめ》しって、どうなってるんだ?」

「結局一年生のほとんどが参加することになったよ。明智先生が引率《いんそつ》してくれるし、ちゃんと学校に許可とってくれたっていうのが大きかったみたい」

「やっぱそうなるよな。校舎使えるとか、めったにないし」

「男子たちがやけにはりきっちゃってるから、ちょーっと心配なんだけどね。文化祭もお化け屋敷《やしき》カフェにするとかって言いはじめちゃって、実行委員の華子が大変そう」

「華子ちゃんなら大丈夫《だいじょうぶ》だろ。あの子、めちゃくちゃしっかりしてるし」

優と雛が楽しそうに話すのを聞きながら、虎太朗はグラスの水を一気にあおる。

もやもやとした思考を、頭の中から押し流してしまいたかった。

だが視界の端《はし》に人影《ひとかげ》を捉《とら》え、その正体に気づいたとき、派手にむせてしまった。


「わっ！　汚《きたな》いなあ、もう……」

「大丈夫か、虎太朗」


雛と優の声は聞こえていたが、返事をするどころではなかった。

虎太朗は涙目《なみだめ》になりながら、雛と優の背後を通り過ぎる二人の背中を目で追いかける。

（マジかよ、なんで……）

いくら瞬《まばた》きを繰《く》り返しても、目の前の光景は変わらない。

道路を挟《はさ》んだ向こう側、書店へと移動する行列の中に、夏樹と恋雪の姿があった。

「なあ、本当に大丈夫か？　暑さで目まいでも起こしたか？」

「私、中に移動できないか聞いてくる」

「いや、俺が行ってくる。雛は虎太朗の様子を見てやって」

「わかった」


息の合った兄妹《きょうだい》の連携プレーを間近に見ながら、虎太朗は呼吸を整える。

夏樹と恋雪が書店の中に消えたいま、店内に移動する必要はないのかもしれない。

だがいつ出てくるかわからない以上、おとなしく場所を移ったほうがいいのだろうか。

(くそ、頭働かねえ……)


真っ白になった頭では、これ以上何も考えられそうにない。

虎太朗は優と雛の言うまま、のろのろと店内へと席を移ることにしたのだった。

* * * *

カフェを出て駅に向かうころには、太陽が沈《しず》みはじめていた。

とっさに言い訳に使った「目まい」が治まるまで、カフェで休もうと優が言ったためだ。

幸い店内で夏樹たちと鉢合《はちあ》わせすることはなく、虎太朗は内心ほっとする。

「本当にもう平気なのか？」

「へーき、へーき。さっきまで散々休んだし」

「お兄ちゃんも見たでしょ？　デザートおかわりしたくらいだし！」

「それはそうなんだけどな……」


虎太朗と雛の明るい声とは対照的に、優はいまも渋面《じゅうめん》を浮《う》かべている。

責任感の強い彼のことだから、虎太朗の異変に気づけなかったと悔《く》やんでいるのだろう。

（……ほんとのこと言えなくて、ごめん）


優は、夏樹が自分以外の誰かと出かけていることを知っている。

だが相手が恋雪だと気づいているかまではわからない以上、うかつなことは言えない。

何より、雛の反応が怖《こわ》かった。

虎太朗が気づいたくらいだ、彼女も恋雪が夏樹を好きだと知っているはずだ。

二人が一緒《いっしょ》にいるところを見たら、ショックを受けるに決まっていた。

（こいつが傷つくとこなんか、見たくねえし……それに……）
もうこれ以上、恋雪のことで一喜一憂《いっきいちゆう》する雛の姿を見たくなかった。
雛を笑顔《えがお》にするのも、かなしそうな顔にさせるのも恋雪だ。
その事実が苦しくて、悔《くや》しくてたまらなかった。
自分勝手なのはわかっている。
それでも虎太朗は、どうしても嫌だと思うのを止められなかった。

「あっ……」

最寄《もよ》り駅に降り、公園の横を通り過ぎようとしたそのとき、ふいに優の足が止まった。
夕日に照らされていても、横顔がどんどん色を失《な》くしていくのがわかった。
虎太朗は胸騒《むなさわ》ぎを覚えながら優の視線の先を追い、息をのんだ。

夏樹と、恋雪だ。
二人は談笑《だんしょう》しながら、公園へと入っていく。
傍《はた》から見れば、彼氏彼女のようにも思える空気をまといながら。

「ウソ……」

「虎太朗、雛のこと頼《たの》む」

雛のかすれた声は、優の有無《うむ》を言わせぬ響《ひび》きによってかき消された。

優は虎太朗の返事を聞かずに、二人の背中を追いかけていく。

その後ろ姿に、迷いは欠片《かけら》も見当たらなかった。


ちらりと雛の様子をうかがうと、大きな瞳《ひとみ》に透明《とうめい》な滴《しずく》が浮かんでいた。

やがてあふれ出した滴は、赤く染まった頬《ほお》を伝って零《こぼ》れ落ちる。

（……すげえ、キレイだ……）

そんな場合ではないとわかっているのに、目が釘付《くぎづ》けになってしまう。

涙を拭《ふ》くことも、励《はげ》ますこともできず、虎太朗はただ黙《だま》って立ち尽《つ》くした。

「どうしよう、私……私、恋雪先輩《せんぱい》のこと……」

その言葉で、とうとう雛の心の中でボタンが押されたのがわかった。
虎太朗からすれば見え見えなのに、雛は頑《かたく》なに自分の気持ちを認めなかった。
恋雪はあくまでも目が離《はな》せない先輩で、好きな人ではない。
そういう風に振《ふ》る舞《ま》おうとしていたし、自分にも言い聞かせていたのだろう。
(けど、それももう終わりか……)

「運命ってさ、ほんとにあるのかもしれないよね」

雛は感情の抜《ぬ》け落ちた顔で、そんなことを口にした。
虎太朗が何も言えずにいると、さらに衝撃《しょうげき》的な言葉を続ける。

「カフェで虎太朗の具合が急に悪くなったのって、何かを見たからなんじゃないの？　だから店内に移動して、お兄ちゃんに気をつかって……。でも、結局こうなるんだね」

虎太朗は今度こそ本物の目まいを覚えて、足元をふらつかせた。
否定しろ。いますぐに。

頭の中で警告音が鳴り響くが、同時に冷静な声も聞こえてくる。
ここで否定したって何も変わらないだろう、と。

「運命とかよくわかんねえけど、逃《に》げるなってことなんじゃねーの」

雛《ひな》と視線を合わせ、虎太朗はきっぱりと言った。
目を背《そむ》け、店内へと逃げこんだ自分が言っても説得力はないかもしれない。
それはわかっていたが、どうしても伝えておきたかったのだ。
(俺はもう、自分の気持ちから逃げない)

はたして雛の耳には、どんな風に聞こえただろう。
雛の心には、どんな風に響いたのだろう。
瞬《まばた》きのたびにゆっくりと、確実に、雛の顔に表情が戻《もど》っていった。

「虎太朗のくせに、生意気」
「……おまえは、すーぐ泣くよな」

「な、泣いてないし！」

「へー、ほー」

「その顔、ムカつく！」


頬をふくらませる雛に、虎太朗はますます顔をニヤつかせる。

すると次の瞬間、容赦《ようしゃ》ない肘鉄《ひじてつ》を脇腹《わきばら》にお見舞いされた。

口で言っても止《や》めないと思ったのだろうが、いくらなんでもあんまりだ。


「うぐっ！　ひ、雛、おまえなあ……」

「そういえばサッカー部って、どこで夏合宿するの？　いつも通り学校？」

「はあー？　もっとほかに言うことあるだろーが！」

「陸上部はね、軽井沢《かるいざわ》なんだって！」


雛は「いいでしょ、すごいでしょ」と笑いながら、こちらを見上げてくる。

虎太朗はぽかんとしてから、両手でガバッと頭を抱《かか》えた。

「は？　なんだ、それ！　ずるくねえ⁉」

「別にずるくないんですー。ＯＢ・ＯＧ会の人たちが、去年成績が良かったからそのお祝いにって言ってカンパしてくれただけだもーん」

「マジかよ、うらやま……しくねえし！　全然、ちっとも！」

「ええー？　やせ我慢《がまん》しなくていいんだよ？」

「言ってろ。俺らだって予選突破《とっぱ》して、新しいゴールをゲットしてみせるからなっ」


雛は本気だと思っていないのか、「はいはい」と言って受け流している。

その表情はどこか緩《ゆる》んでいて、さっきまでの張り詰めた空気は消え去っていた。

（これならもう大丈夫《だいじょうぶ》そう、か……？）


ショックが抜け切ったわけでもなければ、記憶からなくなったわけでもない。

だが潤《うる》んでいた瞳からは、それ以上涙はあふれてこなかった。

なんとか危機は脱したらしいと、虎太朗はようやく胸をなで下ろす。


（……夏樹のやつ、大丈夫かな）

公園で何が起こっているのか、気にならないわけではなかった。
夏樹のことだ、うっかり発言をしていないとも限らない。
それどころか素直《すなお》になれないばかりに、事態をややこしくしている可能性もある。
だが自分が乱入したところで、いったい誰に何を言えばいいのかもわからなかった。

だから、これでいいのだ。
少なくとも、いまは。

涙も、後悔も、誓いも、何もかも飲みこむように、夕日が沈んでいく。
微妙《びみょう》な距離で並ぶ二つの影《かげ》を見下ろし、虎太朗と雛は立ち止まらずに足を進めた。

山本《やまもと》幸大《こうだい》
さそり座のA型。
しゃべんなそう。ナゾい。。。
Kodai Yamamoto
山本くん(･×･｡)?
こたろーの友だち
桜丘高等学校
入学式
柴崎《しばさき》健《けん》
おひつじ座のO型。
とにかくチャラい。。。
シバケン(･∀･;)
こたろーの友だち
Ken Shibasaki

count 4 ～カウント4～

榎本《えのもと》虎《こ》太《た》朗《ろう》

いて座のO型。

サッカーばか。うるさい。。。

こたろー(-.-)

隣に住む、くされ縁

Kotaro Enomoto

count 4 ～カウント4～

少しずつ、少しずつ、日が暮れるのが早くなっている。

夏の匂《にお》いが薄《うす》れ、秋の気配が濃《こ》くなり、もうあっという間に冬が来るのだろう。

（ついこの前、入学したばっかりだと思ったのになあ……）

気がつけば、新入生扱《あつか》いされる期間は終わりを告げていた。

先生たちからも、事あるごとに「来年はキミたちが二年生なんだから」と言われ、実際にそういう言動を求められることも少なくなかった。

それをよく表していたのが、九月に行われた生徒会役員選挙だ。

三年生に代わる生徒会役員と各委員会の委員長を、一、二年生の候補から選び出した。

華子も書記に立候補し、見事に当選を果たしている。

そうやって徐々《じょじょ》に「三年生が卒業したあとの話」が現実味を帯びていくのだろう。

雛は部室棟《とう》から教室に戻《もど》る途中《とちゅう》、何気なく窓の外を眺《なが》めた。

運動部の多くは三年生が引退し、グラウンドは一気にまばらになっている。

時折聞こえてくるかけ声も、どことなく覇気《はき》がない。

いままで部をひっぱってきてくれた先輩《せんぱい》がいなくなるのは心細いし、これからは自分たちだけなのだと思うと、どうしたって不安がつきまとうものだ。


（……でも「任せてください」って言って、部長たちを送り出したんだもんね）

数ヶ月ぶりに着たブレザーのポケットに手を入れ、さきほど配られたプリントを探す。

きれいに四つ折りした紙を広げると、「文化祭」の文字が飛びこんできた。

桜丘高校では毎年文化祭で、運動部が中庭や校庭で屋台を開くことになっている。

三年生が抜《ぬ》けた新体制で臨《のぞ》む、はじめての「関門」だ。

（去年の陸上部のホットドッグは、すごく美味《おい》しかったな）

在校生だけでなく一般《いっぱん》参加者にも口コミで広がり、かなりの行列ができていたぐらいだ。

雛も、優や夏樹に会いに訪《おとず》れたのだが、誘惑《ゆうわく》に負けて並んでしまった一人だった。

だから新しい部長と副部長が「今年もホットドッグでいこうと思う」と提案したときはうれしかったし、ほかの部員も同じ気持ちだったのか全員一致《いっち》で決定した。

(絶対去年と比べられるだろうけど、でもがんばりたいよね)

きっと三年生たちと同じようにはできないだろう。

でも、それでいいのだ。

先輩たちのいいところを見習いながら、自分たちの色を出していく。

それが「引き継《つ》ぐ」ということなのかもしれない。


(まあ、文化祭に限った話じゃないんだけどさ!)

三年生が引退したことで、一年生でも試合に出られる可能性がぐっと増えるはずだ。

試合に出られるかどうかギリギリのラインにいた雛にとっては、大きなチャンスだったし、ここからが正念場なのだということはわかっている。

そして試合に出るということは、部を代表するということでもあるのだ。

ただ単純に、大舞台で走る枠《わく》をもらえるということではない。

責任も生まれるし、結果を求められるようになるだろう。
(それでも私は、絶対に試合に出たい)
試合に出て、結果を残し、また次の代にバトンを渡したいのだ。
これまで部を率《ひき》いてきてくれた、三年生の先輩たちのためにも。

(……園芸部は、どうするんだろう……)
九月に入っても、新しく部員が入部したという話は聞こえてこなかった。
このままいけば、文化祭には参加しないのかもしれない。

(結局私も、手伝いますって言えなかったし……)
瞳《ひとみ》を閉じると、いまも鮮明《せんめい》にあのときの光景がよみがえってくる。
あの夏の日、夕焼けに染まる公園に、夏樹と恋雪が二人きりで入っていく姿が。
八つ当たりするように恋雪を避《さ》け続けてきた結果がそれだ。
一ヶ月以上あった夏休みも、遠目に見るだけで終わってしまった。

そしていまも、決定的な答えを突《つ》きつけられるのが怖《こわ》くて声をかけられずにいる。

意を決して話しかけようと思ったこともあったけれど、いつだって恋雪の周りには女子が集まっていて、雛は名前を呼ぶことさえできずに逃《に》げ帰ってしまっていた。

彼を取り巻くお祭りのような熱気は、いまも冷める様子はない。


（なんて言い訳だよね。ホント、逃げ癖《ぐせ》ついちゃったや）

窓に反射する自分の顔を見たくなくて、雛はふっと視線をそらした。

こういうとき、虎太朗のあの一言がよみがえってくる。夏休みに公園で放たれてからずっと、頭の中から出て行ってくれないのだ。


『運命とかよくわかんねえけど、逃げるなってことなんじゃねーの』


虎太朗らしい言葉だ。

苦手な勉強をがんばって、補欠とはいえ合格圏内《けんない》より遥《はる》か上の高校に入学して。

人一倍練習を重ね、見事サッカー部のレギュラーを勝ち取って。

そうやって自らの手で切り開いてきたからこそ、口にできるのだ。

（私だって、どうにかしたいよ。でもさ、でも……）
ようやく自分の気持ちを認めることができたけれど、それ以上先に進むことはない。
カウントダウンが終わると同時に、恋の結末が見えてしまうからだ。

実らなかった想《おも》いは、弾《はじ》けて飛んで消えるのだろうか。
少なくとも雛は、そう簡単に気持ちが切り替《か》えられそうにはなかった。
好きな人のしあわせを願うことが、どうしてこんなにつらいのだろう。
それでも、やっぱり笑っていてほしいと思わずにはいられない。

「……恋雪先輩も、ずっとこんな気持ちだったのかな」

ずきん、ずきんと、鼓動《こどう》に合わせて胸が痛む。
雛は熱を帯びた目元をぬぐい、歪《ゆが》む視界の中を歩き出した。

＊＊　＊＊

待ち合わせ場所である教室には、華子の姿はなかった。

文化祭実行委員会の会議が長引いているらしく、こっそり送られてきたメールには「この調子だと最終下校時刻までかかるかも。もしあれだったら先に帰ってて」と書かれていた。

雛は少しだけ迷ってから「その辺ぶらぶらして待ってるよー」と送り返した。

最終下校時刻まで、あと二時間もある。

いまから外周を走ってきても、華子を待たせずに済むはずだ。


ジャージに着替えるために部室棟に戻る途中、足元を何かが転がっていった。

見覚えのあるフォルムに、雛は慌《あわ》ててカバンをたしかめる。

そこにはぶつりと切れた紐《ひも》だけが残っており、肝心《かんじん》のストラップがなくなっていた。


「あー!?　お兄ちゃんに買ってもらったパンダが……っ」

急いで階段を駆《か》け下りると、ストラップは廊下《ろうか》の端《はし》で寝転《ねころ》がっていた。
埃《ほこり》をはたきながら全身を確認《かくにん》するけれど、パンダ自体にはとくに目立った傷はなく、金具も残ったままになっていた。これなら紐を新しくするだけで大丈夫《だいじょうぶ》そうだ。

「もう、びっくりさせないでよー……」

雛はパンダをカバンにしまい直しながら、ゆっくりと立ち上がる。
ふっと顔を上げると、美術室のドアが視界の端に入った。
この時間なら、まだ夏樹たちも残っているだろうか。
せっかくだから声をかけていこうと、ドアのガラス部分から中の様子をのぞきこむ。

（あれ、美桜ちゃんだけ……？）

夏樹やあかりだけでなく、ほかの部員の姿もなかった。
中ではエプロン姿の美桜が一人、無言で真っ白なキャンバスを見下ろしている。
いつものおだやかな笑《え》みは消え、まるで別人のようだ。

戸惑《とまど》っているような、何かをこらえているような。

もうあきらめているような、心を決めようとしているような。


雛は声をかけるのも忘れ、その横顔に見入ってしまった。

頭のどこかで「このまま見なかったことにして、立ち去ったほうがいい」と信号が出ているけれど、足が縫《ぬ》いつけられたように動かない。

瞬《まばた》きをするたび、じりじりと胸が焼かれ、その独特な痛みで気がついた。


(……恋雪先輩《せんぱい》と同じなんだ……)


すれ違《ちが》いざまに、遠く離《はな》れたところから、あるときは目の前で。

雛が見てきた恋雪は、美桜と同じ瞳をしていた。


いや、その二人だけではない。

入学したばかりの頃に目にした蒼太の瞳にも、熱が宿っていたことを思い出す。

あれは、誰かを想って灯《とも》った火だ。

そして想いが叶《かな》わないと知ったとしても、決して消えることのない火だ。
(聖奈さんは、しあわせそうだったのにな)

夏休み直前、登校中に見た横顔が目に焼きついている。
きっと彼女も、誰かに恋《こい》をしているのだと思う。
ほんのりと赤く染まった頬《ほお》、輝《かがや》いた瞳。
ドラマやマンガで見るような、恋をしている顔だ。

恋は、苦しくて切ない。
だけど、それだけではないはずだ。
目があった、昨日より長く話ができた、好きなものが一緒《いっしょ》だった。
何気ない瞬間《しゅんかん》に胸が高鳴り、満ち足りた気持ちになれる。
そういうものの、はずだった。

「雛？　そんなところで何してるの？」

ふいに呼びかけられて、雛はハッと顔をそちらに向けた。

声の主は、蒼太だった。

辞書のように分厚い紙の束を抱《かか》え、ゆっくりと近づいてくる。

そういえば優が「もちたのやつ、最近本格的に脚本《きゃくほん》を書きはじめたんだ」とうれしそうに言っていたなと思い出し、ついまじまじと腕《うで》の中のそれを見てしまう。

蒼太も雛の視線に気づいたらしく、はにかみながら背中に隠《かく》してしまった。


「もちたこそ、どうしたの？」

「ああ、うん。職員室に用があったんだけど……あれ、合田さんだけ……？」


何気なく美術室に視線をやった蒼太が、ぱちりと目を瞬いた。

急に黙《だま》ってしまったかと思うと、難しい顔になり、やがて小さなため息をもらした。

なんとなく、本当になんとなくだけれど。

蒼太は美桜があの瞳《ひとみ》をする理由を知っているのかもしれないと、そう思った。

「……あのさ」

「少し、いいかな」

お互《たが》いに口を開いたのは、ほとんど同時だった。

ちょっと驚《おどろ》いた顔をした蒼太を見上げ、雛は何も言わずにうなずいてみせる。

蒼太は微笑《びしょう》とも苦笑ともつかない顔をして、静かに歩き出した。

階段をひとつ下り、職員室の近くで蒼太の足が止まった。

ゆっくりとブレザーの裾《すそ》が翻《ひるがえ》り、気弱そうながら人の好《よ》い笑みと目があう。

たしかにあったはずの動揺《どうよう》の気配は、きれいさっぱり消えていた。

「雛はさ、映画って観《み》るほうだっけ？」

「へっ？　映画？」

突然《とつぜん》のことにぽかんとする雛をよそに、蒼太は笑顔で続ける。

「いろんなジャンルがあるけど、恋愛映画ってやっぱ特別だなって思うんだよね」

恋愛映画。

そう口にしたとき、蒼太のまとう空気がかすかに変わった。

雛はあえて気づかないふりをしたまま、「だから?」とだけ返してみる。

すると蒼太は天井《てんじょう》を仰《あお》ぎ、まるで脚本に書かれた台詞《せりふ》を読み上げるように言う。

「恋が実るか実らないか、言っちゃえばそれだけの話じゃない? でも昔からたくさんの作品が撮《と》られて、いろんな人が観て……。人を惹《ひ》きつけてやまないテーマなんだろうね」

何かが、雛の意識の端《はし》にひっかかった。

蒼太は恋愛映画の話をしているようで、本当は何について語っているのだろう。

真意を探《さぐ》ろうとじっと見つめていると、ひらりとかわされるように笑いかけられた。

「最近観たフランス映画で、すごく印象に残ってる台詞があってさ。ヒロインに気になる男性が現れるんだけど、勇気がなくて、なかなか彼の前に出ていけないってときに、ずっと彼女を見守っていた同じアパートに住む絵描《えか》きのおじいさんたちが言う台詞なんだ」

どこかで聞いたことがあるような話に、雛は「あっ」とつぶやく。

たしか前に、テレビで観たはずだ。

細かい部分は忘れてしまったけれど、ヒロインは老人の言葉に背中を押されていた。

(あのとき、なんて言われてたんだっけ……?)

「おじいさんいわく、『キミの骨は、ガラス製じゃない。だから、人生にぶつかっても平気だよ』って。思い切って彼にぶつかっても、自分が砕《くだ》けてしまうことはないってことだね」

タイミングを計ったかのように、蒼太の声が響《ひび》いた。

そして視線を泳がせてから、後ろに隠した紙束を脇《わき》に抱え直した。

「雛は、思ってることストレートにぶつけるタイプだよね」

会話の向かう先が見えないことに戸惑《とまど》いながらも雛はぼそりとつぶやく。

「……ウソつくの、上手《うま》くないし」

何がおもしろかったのか、蒼太は「それでいいと思う」と笑った。

「僕の知り合いに自分の気持ちを抑《おさ》えちゃう人がいてさ、『言ったところで、起きたことは何も変わらないから』って理由らしいんだけど……見ててやっぱキッそうなんだよね」

蒼太の言葉に、心臓がずきりと痛んだ。

自分の気持ちを言っても言わなくても、起きたことは何も変わらない。

それは雛の身にも当てはまることだ。

恋雪に想いを伝えても伝えなくても、はじめから結末は決まっている。

「その人が言うことも、たしかになって思うんだよね。言っても言わなくても、後悔《こうかい》するときはすると思うし？　自分が黙ってる限り、相手にとったら『なかったこと』だし」

もっともらしく言うけれど、蒼太が心の底から納得《なっとく》していないのは明らかだった。

雛は同意することも反論することもできず、じっと耳を傾《かたむ》ける。

「でもさ、行き場を失った気持ちまでは『なかったこと』にはできないよね」

そう言って、蒼太の視線が飛んできた。

心の中を見抜《みぬ》かれるようなまっすぐな視線に、ドクリと鼓動《こどう》が脈を打つ。

雛はとっさに床《ゆか》に視線を落とし、痛みを訴《うった》えてくる胸を押さえながら声を絞《しぼ》り出す。


「なんで、それ……私に言うの……」

「うん？　ひとりごとだよ」


蒼太は最後にもう一度笑って、職員室に向かって歩き出した。

残された雛は何も言えずに、ただ立ち尽《つ》くすしかない。

だがなんの前ぶれもなく、「あ、そうそう」と蒼太がふり返った。


「言うか言わないか、迷うことすらできない場合もあるよね」

「……え？」

「声が届かない、どこか遠くに行っちゃうこともあるってこと」

言うだけ言って、蒼太は歩く速度を上げた。

うっすらと耳の後ろが赤くなっているのが見える。もしかしたら本人も、「らしくないことをしたな」とか「カッコつけちゃったな」などと思っているのかもしれない。

（もちた、ほんとにどうしたんだろう。ひとりごとだって言ってたけど……）

そもそも、なぜこのタイミングだったのだろう。

きっかけらしいきっかけといえば、美術室で美桜の姿を見たことぐらいしか浮《う》かばない。

やはり蒼太は、彼女のあの表情の意味を知っているのだろうか。

考えを巡《めぐ》らせていると、さえぎるように誰《だれ》かが廊下《ろうか》を走る音が聞こえてきた。

足音はどんどん近づいてきて、曲がり角から男子生徒が飛びこんでくる。

ちらりと上履《うわば》きを確認《かくにん》すれば、赤、三年生のものだった。

先輩《せんぱい》は勢いよく職員室のドアを開け、真っ赤な顔で叫《さけ》ぶように言う。

「センセー！　俺、受かったってホント⁉」

「おお、来たか！　おめでとう、採用だってさ。春からは社会人だな」

「……マジか、やべえ……どうしよう」

「どうもこうも、がんばるしかないだろ？　よかったな」

ジャージ姿の先生に肩《かた》をバシバシ叩《たた》かれながら、先輩は涙《なみだ》ぐんでいる。

ほかの先生たちからも拍手《はくしゅ》や歓声《かんせい》が起こり、一気に場がにぎやかになった。


（そっか、もう就職先が決まる先輩もいるんだ）

夏樹から、進学組も推薦《すいせん》が決まったり、書類選考がはじまっていると聞いていた。

受験一本に絞っている優も、最近は夜遅《おそ》くまで部屋の灯《あか》りがついている。休日も塾《じゅく》か、参考書を買いに書店に行くぐらいで、すっかり受験生らしくなりつつあった。


カチリ。

頭の中で、秒針の音が鳴った気がした。

いままで見て見ぬふりをすることで針を止めてきたけれど、もう限界だ。

残り時間は、あとどれくらいあるのだろう。

あと何回、目をあわせて話すことができるんだろう。

（私、先輩のこと……まだ何も知らない……）

必死に勉強をして、同じ高校に入学した。
メイクの練習もしてマスカラをつけるようになったし、リップは色つきに変えてみた。
昔とは違《ちが》う自分に気づいてもらいたかった。
同級生の妹として、後輩としてではなく、一人の女の子として見てもらいたかった。

（……でもそれは、先輩も同じだった）

好きな人にふり向いてもらいたい。
その一心で変わったあの人に、どんな顔をしたらいいのかわからなかった。
好きな人の好きな人は、自分以外の別の人。
そんな状況《じょうきょう》で、何を話したらいいのかわからなかった。

（でも、やっぱり、私だって先輩と話がしたい）

正直にこの想《おも》いをぶつけるのか、それとも黙《だま》っておくのか。

ずっと、ずっと悩《なや》んできた。

想いを告げたら、いまのままではいられない。

あいまいで、居心地《いごこち》がよくて、やっぱり切ない関係が、壊《こわ》れてしまう。

けれど自分の気持ちから逃《に》げ続け、恋雪から目をそらし続けてきたことで、本当に大事なものが指の隙間《すきま》からこぼれていくことに気づいてしまった。


『逃げるなってことなんじゃねーの』

『声が届かない、どこか遠くに行っちゃうこともあるってこと』


二人からの言葉を思い出すと、いてもたってもいられないくらい胸が熱を帯びる。

雛はぎゅっと唇《くちびる》を結び、くるりと後ろを向いた。

そのまま教室を目指して、一気に階段を駆《か》け上がっていく。

後悔《こうかい》するのなら、気持ちを伝えてからがいい。

口を開けばきっとまたかわいくないことを言ってしまうから、手紙にしよう。

想いの丈《たけ》を詰《つ》めこんで、恋雪の目を見て手渡《てわた》すのだ。

（先輩、恋雪先輩……！）

＊　＊　　＊　＊

華子には「やっぱり先に帰るね」とメールを打ち、恋雪への手紙に向き合った。

何度も何度も書き直してやっとできた一枚を、丁寧《ていねい》に封筒《ふうとう》に入れる。風が吹《ふ》けば飛んで行ってしまいそうなくらい軽いのに、両手はカタカタと震《ふる》えていた。

（……告白って、こんなに緊張《きんちょう》するものだったんだ）

雛は逃げ出したくなるのをぐっとこらえ、昇降口《しょうこうぐち》で恋雪を待ち続けた。

どれくらいの間、そうしていたのか。

静寂《せいじゃく》に包まれた昇降口に、誰かが階段を下りてくる音が聞こえてきた。

雛はいてもたってもいられなくなり、もたれかかっていた下駄箱《げたばこ》から背を離《はな》す。

一歩前に出ると、見慣れた姿が視界に飛びこんでくる。

「あっ！　先ぱ……」

封筒は左手で後ろに隠《かく》し、右手をふり上げて声をかけた。
けれど最後まで続けることはできず、しりすぼみになってしまった。
遠目にもわかるほど、恋雪の目元が赤くはれていたからだ。
まるで、泣いたあとのように。

二人の視線が交差したのは、ほんの数秒だった。
恋雪はすぐに視線をそらし、ふっと口元に緩《ゆる》く弧《こ》を描《えが》いた。

「フラれちゃいました」

首の後ろをかきながら、恋雪が苦笑《くしよう》まじりに言う。
誤魔化《ごまか》すこともできたはずなのに、雛を相手にあっさりと明かしてみせた。
それだけ信頼《しんらい》されているということなのだろう。

（……でも先輩、いまは素直《すなお》によろこべないです……）

中学のとき、最悪の出会いだったことを考えれば、二年間離れたあと、気の許せる後輩ポジションにまで近づけたのは幸運だったとさえ思う。

だが、そこから抜《ぬ》け出さなければ、いつまで経《た》っても同じことを繰《く》り返すだけだ。

「私は好きです」

用意してきた手紙を差し出す前に、口が勝手に動いていた。

その瞬間《しゅんかん》、雛の思考は停止したけれど、心臓だけはここぞとばかりに暴れている。

一方の恋雪は、驚《おどろ》きに目を見開き、ぼう然と立ち尽《つ》くしていた。

「えっ、と……」

困惑《こんわく》気味な声が聞こえ、雛はハッと我《われ》に返った。

恋雪は、自分あての「好きです」だと考えていないのではないか。

もしかしたら、聞き間違いだと思っているのかもしれない。
雛は震えるのどを励《はげ》まして、決定的な言葉を放つ。

「先輩《せんぱい》のこと、好きです」

かすれてはいたけれど、確実に恋雪の耳に届いたはずだ。
逃げ道を断《た》つ意味でも、勇気をふりしぼって言葉を選んだからカン違いされることもない。

恋雪は頭から冷水を浴びせられたかのように、微動《びどう》だにしないでいる。
やがて徐々《じょじょ》に唇が震えたかと思うと、予想外の言葉を放った。

「あはは……。なぐさめてくれなくて大丈夫《だいじょうぶ》ですよ」

（なぐさめるって、何？）
フラれたと言った先輩を励まそうと、気をつかった後輩がお世辞を言った。
そう受け取られたということなのだろうか。

「ありがとう」

そこまで、とばかりにお礼を告げられ、雛はたまらずうつむいた。
悔《くや》しい。むなしい。かなしい。つらい。
涙《なみだ》と一緒《いっしょ》にあふれ出しそうな感情を押し殺そうと、ぎゅっと両手を握《にぎ》りしめる。
冷え切った手のひらの中で、封筒がぐしゃりと音を立てて潰《つぶ》れた。

「……そういうつもりじゃ、ないです……」

なんとかそれだけつぶやいたものの、恋雪は目の前を通り過ぎて行ってしまう。
少し遅《おく》れて、下駄箱からローファーを取り出す音が聞こえてくる。
その乾《かわ》いた音を背中越《ご》しに聞きながら、雛は震える手で口元を覆《おお》い隠した。

「瀬戸口さんも、暗くならないうちに帰ったほうがいいですよ」

返事は、できなかった。
いま声を出せば、泣いているのがわかってしまう。
(それとも、もう一度『好きです』って言ったほうがいいのかな……?)
混乱しきった頭でそんなことを考えたけれど、次の瞬間には首をふっていた。
ショックを受けているのは、恋雪も同じなのだ。

「それじゃあ……」

恋雪は最後にそう言って、昇降口から立ち去った。
遠ざかっていく靴音《くつおと》を聞きながら、雛はその場にずるずるとしゃがみこむ。

(告白すら、させてもらえなかった)

もう我慢《がまん》しなくてもいいのだと思うと、涙が止まらなくて。
ぼやけた視界で、封筒《ふうとう》がふやけ、文字がにじんでいくのを見続けた。

校門の前には、雛を待ち構えるように虎太朗が立っていた。

両手をズボンのポケットにつっこみ、固く口を閉《と》ざしてこちらを見ている。

雛は涙を隠す気力もなく、ぼう然と見つめ返した。


「帰るぞ」


虎太朗はそれしか口にしなかった。

泣いている理由を聞かず、いつものようにからかってくることもなかった。

ただ何かをこらえるような表情を浮《う》かべ、雛の返事を待っている。

雛はこくんとうなずき、虎太朗の隣《となり》を歩き出した。

二人の間に会話はなかったけれど、不思議と居心地《いごこち》は悪くない。

幼いころのように手をつなぐことはなく、それでも腕《うで》を伸《の》ばせばふれられる距離《きょり》を保ちながら、夕日に染まった家路を並んで歩いた。

卒業式で私が泣いてた理由…　・・・(>ω<;)
お兄ちゃん（瀬戸口優←兄です）や、なっちゃんに学校で会えなくなる
からっていうのももちろんあったんですが、
恋雪先輩が卒業しちゃうって思うと自然と涙がでちゃって、、、
一緒に撮ってくれた写真、あの日からずっと部屋に飾ってあります。

高校に入ってからも優しい先輩は健在で髪も切って、かっこよくなって、
人気者になって、一年の間でも話題なんですよ!!
正直少し嫉妬しちゃいます。
でも前から想ってたって偉くはなくて、言葉にしないと伝わらないから、
先輩にこの気持ちを届けないといけないと想って手紙を書いています。

私、先輩が好きです。

頼りなくって、でも優しくて強い先輩をこれからも好きでいさせて下さい。

雛

count 5 ～カウント5～

恋雪先輩へ

いきなりの手紙で驚いてるんじゃないですか？

驚く様子が目に浮かんじゃいます（汗）

恋雪先輩との出会いは中学の時でしたね。

覚えてますか？　私は今でも覚えてます。

私が掃除した場所に先輩がゴミ箱をひっくり返したんですよ！

あの時は3年生だって知らずに追いかけ回して本当にごめんなさい…

それから目が合う度に話しかけてくれましたね。

好きでもない女の子にあの笑顔はダメかもです…

でも私にとってはすっごく嬉しい事でした。

学校で会うのが楽しみで毎日キョロキョロしてたんですよ ｃ(・ω・`c 三 っ´・ω・)っ

count 5 ～カウント5～

いつだって雛の視線は、虎太朗をすり抜《ぬ》けていく。
彼女の視線が探すのは、目障《めざわ》りなアイツだ。
自分へとふり向かせることもできず、ただ雛のそばにいることしかできなかった。
夏、公園で夏樹と一緒《いっしょ》にいるところを見てしまったときも。
二週間前、昇降口《しょうこうぐち》でアイツにフラれてしまったときも。
あれから、雛の大きな瞳《ひとみ》が恋雪を探すことはなくなった。

＊　＊　＊　＊

「ねえ、瀬戸口さんどうなってるの？」

店のＢＧＭにまぎれるように、アリサがつぶやいた。

（雛がなんだよ……。つか、なんでぼそぼそしゃべってんだ？）

虎太朗は不思議に思いながら、ペンキの缶《かん》に手を伸ばしたままふり返る。

アリサは口元を手で隠《かく》し、周囲をきょろきょろと見回していた。

駅前の大型ホームセンターは平日の昼間でもそれなりに混《こ》んでいて、隣の通路にも人が立っている。入口で桜丘高校の生徒ともすれ違《ちが》ったから、余計に気にしているのかもしれない。

わずかに迷ってから「何が？」と素知らぬふりで聞き返した。


「何がって、気づいてるんでしょ？　最近、なんか変じゃない」

「そうか？　いつもと変わんなくね？」

「どこが？　空回ってるって言うのよ、あれは」


アリサはクラスの男子たちが書き殴《なぐ》ったメモをにらみながら、きっぱりと言った。

そういえば彼女ははじめから「瀬戸口さんどうなってるの？」と、雛に何かあったことを前提にして話を進めていた。わざわざ買い出し係に立候補したのも、荷物持ちに虎太朗を指名したのも、このやりとりをするためだったのかもしれない。

（あれでもマシになったほうだ、とは言えねーよな）


雛が恋雪に泣かされた、あの日。

虎太朗は家まで雛を送ったけれど、その間、会話は一切《いっさい》なかった。

なぜ校門で待っていたのかと、そんな当たり前のことも聞かれなかった。


（まあ、聞かれても困るんだけどさ……）

あの日、サッカー部は文化祭に向けてのミーティングを行っていた。

といっても、たこ焼きを売るのが伝統らしく、今後の流れや役割分担について簡単に説明があったくらいで、かなりあっさり終わってしまった。

（それでもの足りなくて、軽く外周走りに行って……）

制服に着替《きが》え、いざ帰ろうとしたとき、目《ま》の当たりにしてしまったのだ。

泣きそうな顔をした雛が、昇降口で恋雪と向かい合う光景を。


虎太朗は、二人のやりとりを最初から聞いていたわけではない。

けれど恋雪の雛に対する発言は、最悪だったと断言できる。

『先輩《せんぱい》のこと、好きです』

『あはは……。なぐさめてくれなくて大丈夫《だいじょうぶ》ですよ』

恋雪の返事を聞いたとき、虎太朗は二人の前に飛び出していきたかった。

胸倉《むなぐら》をつかんで「ふざけるな！」と叫《さけ》んでやりたかった。

実際に一歩踏《ふ》み出しかけていたのだが、続く恋雪の言葉に勢いがそがれてしまったのだ。

『ありがとう』

まったく見当違いな言葉だ。

だが、恋雪が心底カン違いしているのが伝わってきた。

雛からの告白を受け流したわけでもなく、純粋《じゅんすい》に気をつかわれたと思っているのだと。

『……そういうつもりじゃ、ないです……』

ぐしゃりと紙がにぎり潰《つぶ》される音とともに、雛のつぶやきがこぼれた。

しかし恋雪の耳には届かなかったのか、返事はなかった。

（いま思うと、アイツも様子が変だったよな……）

どこかぼうっとしていたし、何より「らしく」なかったように思う。

普段《ふだん》の恋雪なら、雛が自分をなぐさめているのだと一方的に決めつけたりはしなかったはずだし、それ以前にきちんと相手の話に耳を傾《かたむ》けただろう。

もしかしたら、何かショックなことがあったのかもしれない。


（けど、雛だって傷ついたんだ……）

あの日から雛は、目に見えて元気がなくなった。

優と会ったときにそれとなく様子を聞くと、家でもそんな調子らしい。

さらに間の悪いことに、とは言いたくないが、夏樹と優がつきあいはじめたのも、少なからず影響《えいきょう》を与《あた》えたことは想像に難《かた》くなかった。

（雛は自分で思ってる以上に、ブラコンだからなあ）

そこまで考えて、虎太朗は「あっ！」と叫んだ。

恋雪に起きたショックな出来事とは、夏樹と優がつきあい出したことではないだろうか。

時期的に考えておかしくはない、十分にありえることだ。

「何よ、『あっ！』って。やっぱり何か心当たりがあるんじゃない」

「……いや、だから、俺は別に……」

「あっそう。もう面倒《めんどう》くさいから、そういうことにしておいてあげるわよ」

言葉とは裏腹に、アリサの声は心配そうな響《ひび》きを帯びていた。

彼女が興味本位ではないことも、雛の弱点を探しているわけではないこともわかる。

だからといってすべてを話すわけにもいかず、すっかり重たくなったカートを押しながら
「本当に知らねーし」とつぶやいた。

「原因がわからないなら、余計心配じゃない？」

小走りで追いかけてきたアリサは、なおも食いついてきた。

納得《なっとく》するまで退《ひ》かないのは見え見えで、虎太朗は冗談《じょうだん》半分で優の話を持ち出す。

「平気だって。あそこ、シスコンの兄ちゃんいるし」

「ああ、あのイケメンの……」

やはり知っていたらしく、アリサはあっさりと口を閉じた。

全校集会で何度となく表彰《ひょうしょう》される映画研究部の部長にして、あの長身、顔面偏差値《へんさち》だ。

おまけに人当たりもいいから、女子の間では憧《あこが》れの先輩として有名らしい。


「でも榎本くんだって、サンドバッグくらいにはなれるんじゃない？」

「は？　なんだそれ」

「お兄さんがシスコンだって言うけど、瀬戸口さん自身もブラコンっぽいじゃない。そうなると、ストレス発散にまで至らないのかなーって」

「……高見沢、日本語話してくんね？」

虎太朗としては嫌《いや》みではなく本気で言ったのだが、それが余計にマズかったようだ。

小馬鹿《こばか》にするようなため息とともに、うろんげな視線が刺《さ》さる。

「だーかーら、瀬戸口さんには思いっきり八つ当たりできる人も必要だってこと！」

「それだけだから」と叫び、アリサはふいっと顔をそらした。

店内で大きな声を出したのが、急にはずかしくなったのかもしれない。

（なんだよ、俺のせいじゃねーっての）

虎太朗は内心毒づきながら、カートを押すのに集中する。

アリサの言い分はよくわからなかったが、要は優だけに任せるのではなく、虎太朗も雛のところに行って来いということなのだろう。

（ん？　つか、それって……）

雛のために、虎太朗にだってできることがある。

むしろ、虎太朗だけの役目がある。


アリサはそれが言いたかったのだろうか。

ふとそう思ったら、自然と足が止まり、腹の底から笑いがこみあげてきた。

虎太朗の笑い声に、前を行くアリサの足も止まった。


「……何？」

「高見沢も素直《すなお》じゃねーなーと思って」

「はっ!?　な、何よ、それ！」

首だけこちらに回していたアリサが、身体《からだ》ごとふり返る。

顔も、耳も、一瞬《いっしゅん》にして真っ赤に染まっていた。

「いや、そのまんまの意味だけど。心配なんだろ、雛のこと」

「そ、そんなわけないし！　ただ私は……」


アリサはうつむき、スカートのすそをギュッとつかむ。

言いにくいことなのか、ためらいがちに口を開いては閉じてしまう。

そんなことを何度か繰《く》り返してから、彼女はいつものように不敵に笑ってみせた。

「瀬戸口さんがおとなしいと、はりあいがないなと思っただけ」


いまの発言に嘘《うそ》はないのだろう。

だがそれがすべてではないことは、何かと鈍感《どんかん》だとからかわれる虎太朗にもわかった。

(やっぱ、素直じゃねーじゃん)

虎太朗は笑いをかみ殺しながら、天井《てんじょう》を仰《あお》ぎ見る。

肩《かた》の力が抜《ぬ》けたような、凝《こ》り固まっていた頭がほぐれたような感覚だ。

「今週末、雛の家に顔出してみる」

「って言っても、隣《となり》に行くだけでしょ？　今日行きなさいよ」

「ばっか、こういうのはタイミングが重要なんだって」

「言い訳くさーい」

「うっせ！　俺は世界一、いや宇宙一のサンドバッグになってやる！」

「あっそう、がんばれば」

「おう、任せろ！」


腕《うで》を曲げ、力拳《こぶし》をつくってみせると、あきれた表情だったアリサがふき出した。

教室で見かける取り澄《す》ました顔よりも、ずっと自然で、ずっと彼女らしい。

（いつもこんな感じなら、雛とも気が合いそうなのにな）

今度機会があったら、それとなく雛にも言ってみようか。

そんなことを考えながら、虎太朗はアリサに続いて混雑したレジへと向かった。

＊　＊　　＊　＊

週末、虎太朗は宣言通り、雛の家を訪《おとず》れることにした。
いまさら緊張《きんちょう》するようなことでもないのに、門の前に立っただけで心臓が騒《さわ》がしい。

(くそっ。ビビんなよ、俺……)

買い出しのとき、アリサは雛のことが心配ではないのかと聞いてきた。
虎太朗は微妙《びみょう》に話をそらしたけれど、本音は「心配に決まってんだろ」だ。
だが、どうしても気が進まなかった。

(……雛があんな風に泣くのは、あいつが絡むときだけなんだな……)

声を上げて、こどものように泣き喚《わめ》く姿なら何度も目にしてきた。
中学時代、卒業する恋雪を見送ったときもそうだった。
だが夏休みの公園のときといい、今回は様子が違《ちが》っていた。
つらいはずなのに、かなしいはずなのに、彼女は声を押し殺し続けた。
そして時折苦しそうにしゃくりあげながら、ただただ静かに大粒《おおつぶ》の涙《なみだ》を流したのだ。

虎太朗はどんな言葉をかけていいかわからず、打ちのめされた。

家に送り届けてからも、雛のことが気になって仕方がなかったが、どんな顔をして会いに行けばいいのかわからなかった。

迷っているうちに時間だけが流れ、今日まで来てしまったのだ。

だが、答えは意外なところに転がっていた。


（別に変に身構えないで、サンドバッグに徹《てっ》すりゃよかったんだよな）


不器用なアリサの分も気持ちをこめ、虎太朗は雛の家のインターホンに手を伸《の》ばす。

ところがボタンを押す直前になって、ドアが薄《うす》く開いた。

隙間《すきま》から見える上着の袖《そで》は優のものだが、誰《だれ》かを待っているのか、なかなか出てこない。

さすがに声をかけようかと思った瞬間、二人分の足音が聞こえてきた。


「お兄ちゃーん、待ってよー」

「俺は十分に待ちました。さっさと靴《くつ》を……」

「あっ、ねえ！　ブーツとムートン、どっちがいいと思う？」

「知るか、そんなの！　おまえの好きにしろって」

「両方とも好きなの！　似合うのはどっちかって聞いてるんだってば」


虎太朗からは雛の表情は見えないが、きっと仁王《におう》立ちで頬《ほお》をふくらませているはずだ。

(なんだ、雛のやつ元気そうじゃん)

聞こえてきた会話からして、二人で一緒《いっしょ》に出かけるのだろう。

それなら出直したほうがいいかもしれない。

気づかれないうちにと背を向けると、勢いよくドアが開いた。


「お兄ちゃん、ありがと！」

「うおっ」


突然《とつぜん》のうめき声に、虎太朗は反射的にふり返っていた。

雛に背中から飛び乗られた優が、タイルの上をよたよたと歩いている。

だが限界がきたらしく、足がもつれはじめた。

（危ねえ……！）

急いで駆《か》け寄った直後、倒《たお》れる音と、「ぐえっ」「わあっ」という悲鳴がこだました。

もっと早く動いていればと唇《くちびる》を噛《か》む虎太朗をよそに、のんきな声が聞こえてくる。

「あはは、ごめーん」

「悪いと思ってるなら、さっさと下りてもらえませんか」

「残念。お兄ちゃんにおんぶしてもらうの、ひさびさだったのになー」

「いやいや、下敷《したじ》きにしてるだけだから！」

（これは……大丈夫《だいじょうぶ》、なのか……？）

とっさに受け身をとったのか、優が痛みを訴《うった》えることはなかった。

上に乗っていた雛にも衝撃《しょうげき》はなかったらしく、はしゃいだような声を上げていた。

ほっと胸をなで下ろすと、起き上がる優たちと目があった。

「えっ、虎太朗!?」

なんでいるのかと言わんばかりの雛に、虎太朗は口元を引きつらせて答える。

「うわー……。相変わらずブラコンだな」

「何よ、そっちこそシスコンのくせに!」

「ばっか、ちげーよ! どこをどう見て言ってんだっつーの」


虎太朗は反射的に返してから、なんだか懐《なつ》かしいなと目を細めた。

なんの気兼《きが》ねなく雛と言い合うのは、ひさしぶりだった。

いや、約二週間のインターバルは「ひさしぶり」ではないのかもしれない。

けれど虎太朗にとっては、もう二度と体験したくない時間だった。

(ケンカしたわけでもねえのに、ろくに口きかなかったことなんてなかったしな)


感慨《かんがい》深げに雛を見ると、相手は考えこんでいるようだった。

腕を組み、左右に首を傾《かし》げ、何事かうなっている。

やがて答えを見つけたらしく、一人で「やっぱそうだよね」と納得《なっとく》しはじめた。

「な、なんだよ……？」

「これまでのこと思い返してみたけど、やっぱ虎太朗はシスコンだよ」

「……は？」

「もう隠《かく》さなくていいんだよ。大丈夫、自信持って！」

「隠してねーし、そもそもシスコンじゃねーっての！」

　はたして雛は、自分の話を聞いているのだろうか。

　虎太朗の抗議《こうぎ》もむなしく、あきれた顔で立ち尽《つ》くす優の腕《うで》をひっぱり、耳元で「素直《すなお》じゃないよね」などとつぶやいている。

（聞こえてるからな？　つか、わざとだな？）

　こちらを見てベッと舌を出す姿は、すっかりいつもの雛だった。

「ったく、なんだよ……。落ちこんでるみたいだから、わざわざなぐさめに来てやったのに」

　あえてストレートに球を蹴《け》ってみせると、案の定、雛はすぐに食いついてきた。

「は、はあ？　別に落ちこんでなんかないよーだ！」

「目と鼻、真っ赤に……」

「なってませーん」

図星をつかれた顔をしたくせに、雛はなおも抵抗《ていこう》してくる。

虎太朗は妙《みょう》に楽しくなってきてしまって、ついこどもっぽい言葉を選んでしまう。


「なってる」

「なってないってば！」

「なってる！」


永遠に続けられそうだなと思った矢先、ぷっと小さくふき出す声が割って入った。

虎太朗と雛がそろって顔を向けると、優は我慢《がまん》できないとばかりに本格的に笑い出した。

「相変わらず仲いいな、おまえたち」

「どこが!?」

「どこがだよ！」

「だから、そういうところ」

たまたま声がそろっただけだろ。

そう言い返そうと思ったが、実際に口をついて出たのはまったく違《ちが》う言葉だった。

「まあ、それだけデカい声が出るなら大丈夫だな」

「えっ……」

言った本人も想定外だったのだから、雛はもっと驚《おどろ》いただろう。

ぽかんと口を開け、たっぷりと視線を泳がせ、最後に花が咲《さ》いたように笑った。


（やっぱ、うん、おまえはそうやって笑ってるのが似合うよ）


いつだって雛の視線は、虎太朗をすり抜《ぬ》けていく。

それでも不思議と、彼女を追いかけるのをやめようと思ったことはなかった。

意地になっているところもあったのかもしれない。

だがいまは、違う。

雛に泣かれるのはイヤだ。

自分の知らないところで泣かれるのは、もっとイヤだ。

そう思う自分に、気づいてしまった。

（……ハーフタイムが明けたら、覚悟《かくご》しとけよ）

＊＊　＊＊

文化祭が一週間後に迫《せま》り、校内はますます騒《さわ》がしくなっていた。

三年生の多くはすでに午前授業に入っていて、ほぼ一、二年生しか残っていないものの、人数が減ったようには感じられないくらいに熱気がこもっている。

雛のクラスも例外ではなく、日に日にお化け屋敷《やしき》が増改築されていた。


「そういえば聞いた？　男子たち、本当にスライムをつくるみたいだよ」

「ええー!?　コンニャクでいいって言ったのに……」


雛はうんざり顔で告げ、華子は「頭が痛い」とこめかみを押さえた。

やる気があるのはいいことだと思うけれど、彼らには計画性がまるでないのだ。

いまだって、文化祭実行委員会に申請《しんせい》した暗幕だけでは教室を暗くしきれないことが発覚したため、急きょ二人で校内を走り回ってかき集めてきたところだった。

「あーあ、すっかりカフェがオマケになっちゃったね」

肩《かた》をすくめる華子に、雛もうなずく。

「もはや別モノだよね。ブラックライトの中でケーキ食べるとか、ないよね……」

「あはは……。一周回って斬新《ざんしん》でいいかもよ？」


こうなってくると、最初のＬＨＲで提案されたのが「お化け屋敷とカフェのコラボってよくね？　おもしろくね？」だったとは、お客さんは誰《だれ》も信じないだろう。

男子たちが内装にこだわり出したあたりから雲行きが怪《あや》しくなり、女子が軌道《きどう》修正しようとしたときには手遅《ておく》れで、いまではすっかり立場が逆転してしまっている。

文化祭実行委員である華子は、最後のほうは遠い目をしながら笑っていた。

「そういえば企画書《きかくしょ》からずいぶん変わっちゃったけど、生徒会の人たち納得してくれた？」

「う、うーん……まあ、なんとか……」

あはは、と再び乾《かわ》いた声で笑う親友に、雛はとんっと肩先をぶつけた。

本当は肩でも揉《も》んであげたかったけれど、生憎《あいにく》、両手は暗幕でふさがっている。

相手も同じように肩先をぶつけ、脱力《だつりょく》したように笑った。

「お疲《つか》れー。陸上部のほうも事前準備バッチリだし、何かできることあったら言ってね」

「……ほかは、もういいの？」

華子はそんな風にボカして言った。

それは今回に限ったことではなく、雛の気持ちが浮上《ふじょう》するまでずっとだ。

一緒《いっしょ》に帰らなかったあの日を境に元気がないのは、どうしてなのか。

恋雪のこの字も出さなくなった理由も、花壇《かだん》に近づかないようにしている理由も。

ほかにも気になることはあっただろうけれど、華子は追及《ついきゅう》しないでいてくれた。

そのやさしさがありがたくて、申し訳なくて。

でも結局何も言えないまま、今日まできてしまっていた。

「うん、もう平気。ありがとう」

強がりでもなんでもなく、自然とそう思えるようになった。

失恋《しつれん》したってお腹《なか》は空くし、夜になれば眠《ねむ》くなる。

立ち止まっていたって時間は過ぎていくし、一秒ごとにあの日も思い出になっていく。

いまはまだ、記憶《きおく》をなぞるたびに痛むけれど。

「おーい！　雛、華子《はなこ》、遅《お》っせーぞ」

教室のドアが開いたかと思うと、ジャージ姿の虎太朗がひょっこりと顔を出した。

内装準備も佳境《かきよう》に突入《とつにゅう》したため制服から着替《きが》えたようだが、上だけ体操着で、おまけに袖《そで》を肩までまくっている。

本番までまだ日はあるのに、すっかりお祭り仕様だ。

「あのねえ、ハナコじゃなくてカコだってば！　何度言ったら覚えるわけ？　それに『遅《おそ》い』じゃないでしょ！　これだけの量を集めてくるの、大変だったんだからね」

華子のもっともな反論に、雛も続ける。

「そうだよ、暗幕の争奪《そうだつ》戦は先週とっくに終わって……」

言いかけた言葉は、のどの奥で消えてしまった。

視界の端《はし》に映る窓の外に、よく知った後ろ姿を見つけてしまったからだ。


(恋雪先輩《せんぱい》……)

一目でわかった。

間違えるはずはない、これまでずっと目で追いかけてきたのだから。


「気になるなら、行ってくれれば」


すぐ近くで虎太朗の声が聞こえた。

次の瞬間《しゅんかん》、ハッと我《われ》に返る雛の手から、暗幕が取り上げられる。

いったい何が起きていたのだろう。

事態が飲みこめずに立ち尽《つ》くす雛に、虎太朗がなおも言う。

「あいつ、一人にしておくとまた転ぶんじゃね？」

聞き間違《まちが》いかと思ったけれど、自分を見下ろす視線は「行かないのか？」と尋《たず》ねてくる。

雛は少し迷ってから、小さくうなずいた。

「……ごめん、華子」

「いいから、いいから！　行ってらっしゃい」

そう言ってにっこりと微笑《ほほえ》まれ、雛は背中を押された気分になる。

最後にちらりと虎太朗を見上げると、「仕方ねえな」と言いたげな瞳《ひとみ》と目があった。

雛はもう一度うなずいて、昇降口《しょうこうぐち》へと駆《か》け出した。


（ひさしぶりの、恋雪先輩だ……）

手紙を渡《わた》せなかった日から、恋雪とは一度も話していなかった。

雛が避《さ》けていたのはもちろん、これまでのように恋雪のほうから声をかけてくれることもなくなったし、目があうこともなくなっていた。

（私が逃《に》げ回ってたから、気をつかってくれたんだろうな）

本当はいまも、声をかけずに引き返したいと思っているくらいだ。
手の汗《あせ》はすごいし、足も震《ふる》えている。
これ以上何もしなければ、少なくとも嫌《きら》われることはない。
だったら、いっそのこと――。

(でも、それじゃあ何も変わらないから……)
優に心配をかけてしまった。
虎太朗だって、口は悪いけれど何かと様子を見に来てくれている。
華子も、夏樹や春輝たちもそうだ。
雛の思いこみでなければ恋雪にだって、心配をかけているのだろう。
(……今度は、私から声をかける番だ)

「あのっ!」

中庭の花壇にしゃがむ恋雪の肩が、びくりと揺《ゆ》れた。

もう一度、今度は名前を呼ぶ。

「恋雪、先輩……」

心の中では何度も何度も呼んできたのに、いざ声に出すと震えてしまった。
恋雪からの返事は、ない。
けれど肩《かた》が静かに上下して、やがてゆっくりとふり返ってくれた。

「文化祭、園芸部も参加するって、聞きました……。準備はもう、いいんですか？」

つっかえながらも、用意してきた質問を言い切ることができた。
雛はホッとしながら、おとなしく恋雪の反応を待った。
対する恋雪はきょとんとした顔をしていたけれど、ふっと笑ってくれた。

「展示なので、事前準備はほとんど終わりました。育てた花を活《い》けたり、花壇の写真を掲示《けいじ》して花言葉や育て方を説明したり……」

「先輩それ、全部一人でやったんですか」

「いえ、部員のみんなで。実は二年生が三人、正式に入部してくれたんです」

「えっ……」


そんなの聞いてない！　どんな人なんですか？

思わず感情に任せて叫《さけ》んでしまいそうになり、雛は慌《あわ》てて首をふる。

これまでの恋雪のがんばりが認められたのだ、さびしいなんて思う場面じゃない。

雛は硬《かた》くなりかけた表情を無理やり動かし、恋雪に笑い返した。


「す、すごーい。やりましたね、先輩」

「本当にありがたいです。たぶん僕の勧誘《かんゆう》が下手《へた》すぎて、見るに見かねたんじゃないかな」

「そんなこと！　絶対ないと思います」

突然《とつぜん》声を上げた雛に、頬《ほお》をかいていた恋雪の指がぴたりと止まった。

雛は、必死になって訴《うった》える。

「だって恋雪先輩、ずっと一人でがんばってきたじゃないですか。その姿を見てたから、だから二年生の先輩たちも入部してくれたんだと思います」
「……そうだったら、うれしいです」

恋雪は、はにかんだように笑った。
はじめて間近に見る表情に、雛の鼓動《こどう》がドクンと跳《は》ねる。
夏樹にしか向けられない笑顔、この先もそれは変わらないと思っていた。
けれどいま、恋雪は雛の言葉に笑ってくれている。
（……どうして、どうして気づかなかったんだろう）
もっと早くこうして話しかけていればよかった。
恋雪の瞳をまっすぐに見て、思ったことを素直《すなお》に伝えていればよかったのだ。

「とはいえ……」

立ち尽くす雛の耳に、落ち着いた声がするりと入ってきた。
ぼうっとしながら視線を上げると、いつになく凛《りん》とした表情の恋雪がいた。

「二年生が三人残っているだけなので、このままだと来年には廃部《はいぶ》になってしまうのは避けられなくて……。文化祭で新入部員を獲得《かくとく》できるようアピールしたいんです」

「……きっと、入部希望者が殺到《さっとう》しますよ」

「どうでしょう、そうだったらうれしいんですけどね」

お世辞に聞こえないように言ったつもりだったけれど、恋雪の返事は冷静だった。

「大丈夫《だいじょうぶ》ですよ！」

もう一度、今度はしっかりと目を見て雛が言う。

恋雪はふっと表情をゆるめてから、「ああでも」と思い出したように続ける。

「二年生たちが入部テストと面接をするつもりだって言っていましたし、誰《だれ》でも彼でも受け入れるわけじゃないですよ。そこはちゃんとするつもりです」

そう告げる恋雪の表情は、すっかり部長の顔だ。


（なんだか恋雪先輩《せんぱい》が恋雪先輩じゃないみたい）

「らしくない、ですかね」


まるで心を読まれたかのような言葉に、雛は「えっ」と短く叫ぶ。

恋雪は照れくさそうにしながら、「最近よく言われるんです」と言った。

「慣れないことをしているなって自覚はあるんですけど、でも最後くらいは部長らしいことをしたいなと思って」

そう言って恋雪は、ふっと真剣《しんけん》な表情になる。

「本当に花を愛してる人たちに園芸部を引き継《つ》いでもらいたいから」

（先輩、本当に変わったな……）

外見を変え、積極的に周囲にもあいさつするようになって。

それだけでもすごいことなのに、恋雪は一歩、また一歩と大きく進み続けている。

二年後、自分もこんな風にまぶしく笑えているだろうか。

「……応援《おうえん》してますね」

「ありがとう」

精一杯《せいいっぱい》の言葉は、恋雪にしっかりと受け止められた。

雛はぶわっと涙腺《るいせん》がゆるむのをこらえながら、黙《だま》ってうなずく。

まだ胸の痛みは消えないけれど、いまはそれでいいのかもしれない。

きっといつかまた、心から笑える日が来る。

そんな確信めいた予感を胸に、雛は花壇《かだん》に咲《さ》き誇《ほこ》る小さな黄色い花を見つめた。


昇降口《しょうこうぐち》まで戻《もど》ると、通りかかった虎太朗と出くわした。

腕《うで》に段ボールを抱《かか》えているだけでなく、紙袋《かみぶくろ》まで提《さ》げている。

中身はガムテープや模造紙、ペンキの缶《かん》など、どう見てもクラスの内装に使う補充《ほじゅう》物資だ。

「……まだやるの？」

「おー。どうせなら全校ＭＶＰ狙《ねら》おうぜって話になった」

「ＭＶＰ？　またでっかく出たね……」

言いながら、雛は虎太朗の抱える段ボールに手を伸《の》ばす。

虎太朗はあっけにとられた様子で、「な、なんだよ」と目を白黒させている。

「貸して。どれか持つ」

「……なら、こっちの頼《たの》む」

手渡《てわた》されたのは、模造紙の入った紙袋だった。

見た目よりも重たくて、雛はたまらずふらついてしまう。

「お、おい、大丈夫かよ」

「これくらい、へーき」


問題ないとスタスタと歩き出してはみたけれど、内心ではざわついていた。

虎太朗のことだから、きっと一番軽い荷物を預けたはずだ。

それなのに自分はよろめいた上、ずっしりと重さを感じている。


(虎太朗も男子なんだなあ。いや、うん、知ってたけどね)

幼なじみならではの距離《きょり》の近さもあって、これまでとくに意識したことがなかった。

雛の中で虎太朗は、隣《となり》の家の「榎本虎太朗」以外の何ものでもなかったのだ。

いつの頃《ころ》からか取っ組み合いのケンカをすることもなくなって、売り言葉に買い言葉で、あでもないこうでもないと言い合うくらいだった。

だから力の差がついていたことにも、ずっと手加減されていたことにも気づかなかった。

(そりゃ、男子からしたら当たり前なのかもしれないけど……)

なんか生意気。虎太朗のくせに。

そんな言葉がふつふつと湧《わ》き上がり、雛は歩くスピードを上げる。

けれど虎太朗は難なくついてきて、あっさりと隣に並んだ。

半ば八つ当たり気味に少し高い位置にある横顔をにらむと、ふいに虎太朗がつぶやいた。


「あいつは大丈夫だったのかよ」

「うん。二年生が三人も入部してくれたってよろこんでたよ」

さらりとした口調だったから、雛も肩肘《かたひじ》をはらずに答えることができた。

「ってことは、あと二人入れば来年も存続できるんだな」

けれど、来年には恋雪はもう桜丘高校にはいない。

想像しただけで胸がツキンと痛んだけれど、雛は「そうだね」とうなずいてみせる。

「入部テストをするって言ってたから、合格者がいればだけど」

「力仕事だったら、即《そく》合格なのにな。まあ、せいぜいがんばって勉強しろよ」

「……は？」

思わず足を止めた雛に、虎太朗はふり返りざまに笑って言う。

「入部テスト、受けるだろ」

なぜ虎太朗は、自信満々にそう言い切れるのだろう。

実際、雛はそんなことを考えてもいなかったのに。

虎太朗に言われるまでは。


「……何その顔、むかつく」

「ははっ！　図星さされたからって、すねるなよ」

「そんなんじゃないってば」

高校の入学式の朝のように、雛は競《きそ》いながら並んで歩いた。

あのときとはいろんなことが変わったけれど、隣にいるのは相変わらず虎太朗だ。

そのことになぜかホッとしている自分もいる。


（仕方ないよね、だって腐《くさ》れ縁《えん》なんだもん）

そう思うと、途端《とたん》に身体《からだ》が軽くなったような気がした。

だんだんとにぎやかになる廊下《ろうか》を、弾《はず》んだ足どりでひたすら進んだ。

＊＊　＊＊

明後日《あさって》に文化祭が迫《せま》った校内は、放課後になっても混乱を極《きわ》めていた。

誰《だれ》もが最終準備に追われる中、天候が荒《あ》れているためだ。

今日は文化祭実行委員を中心に、各運動部も手伝って屋台に使うテントの移動を行うことになっていたが、それも明日《あした》に繰《く》り下げになった。

そしてついさきほど、学校から直ちに帰宅するよう指示も出たところだ。

雛も帰る支度《したく》をはじめたものの、なかなか身が入らないでいた。

内装はほぼ完成したけれど、当日のシミュレーションなど手つかずな部分も多く、このまま帰ってしまって間に合うだろうかと考えてしまう。

「明日になったら晴れるかな……？」

「でないと困るよー！　食材の搬入《はんにゅう》もあるし、今日できなかった作業も残ってるし……」

頭を抱え、華子が青い顔でぶつぶつとつぶやく。

「ま、まあ、当日晴れれば問題ないよねっ」

雛が慌《あわ》てて励《はげ》ますと、ふいにバシンッと窓ガラスが鳴った。


「わっ⁉　いまの音、何？」

「風すごいし、何か飛ばされてきたのかも……」

雛が恐《おそ》る恐る窓の外をたしかめると、風で枝が折れそうなほどしなっていた。

(うわあ、台風みたい……)

頬《ほお》を引きつらせていると、窓ガラスを叩《たた》くように雨が降ってきた。

「暴風の次は、雨かあ……。バス走ってるかな？」

華子の心配そうな声を聞きながら、雛はもう一度窓の外を見る。

雨のせいで一気に視界が悪くなり、ここからでは花壇の様子は確認《かくにん》できそうにない。


「……あのさ」

「まさか花壇の様子を見に行くとか言わないよね」

言い当てられて、雛はぐっと言葉に詰《つ》まる。

すると華子はやれやれと言いたげに肩《かた》をすくめ、教室の隅《すみ》を指さした。

不思議に思いながら目で追うと、そこには袋《ふくろ》に入ったままの雨がっぱが転がっていた。

「サイズが合わなくて余ってるみたいだから、使ったら？　雛なら入るでしょ」

「……華子、いいの……？」

「危ないと思ったら、すぐ校舎に戻《もど》るんだよ。いい？　絶対だからね」

「うん、約束する」


ぎゅっと華子を抱《だ》きしめて、雛は雨がっぱを手に教室から駆《か》け出した。

園芸部員でもないし、自分がやらなければならない仕事ではない。

（でも私、恋雪先輩《せんぱい》のこと応援《おうえん》するって言った……！）

文化祭一週間前の時点で、展示の準備はほとんど終わったと言っていたから、恋雪はすでに帰宅している可能性が高い。

ほかの部員も撤収《てっしゅう》作業に手いっぱいで、動けずにいるとしたら？

なんだか嫌《いや》な予感がしてたまらなかった。
昇降口《しょうこうぐち》で雨がっぱを着こみ、雛はまっすぐに中庭の花壇《かだん》を目指した。
土砂降《どしゃぶ》りの雨と横殴《よこなぐ》りの風で視界がぼやける中、なんとか花壇の前までたどりついた。
予感は的中してしまい、目の前には悲惨《ひさん》な光景が広がっていた。

「ひどい、恋雪先輩が育てた花が……！」

つい先日までキレイに咲《さ》いていた黄色い花は、根っこからなぎ倒《たお》されていた。
土砂に崩《くず》され、ブロックの一部は囲いの役割を果たしていない。
雛はその場にしゃがみこみ、花壇へと手を伸《の》ばした。
爪《つめ》の間に、泥《どろ》になった土が入って来る。
フードは風にあおられ、大粒《おおつぶ》の雨が直《じか》に肌《はだ》を叩いて痛い。
それでも雛は一心不乱に苗《なえ》を根っこからすくい、ブロックを元の位置に戻した。

「なんとか応急処置はできたけど……」


時間が経《た》てば、また雨に流されてしまうのは目に見えている。

途方《とほう》に暮れたそのとき、ふいに周囲が静かになった。

すぐにパン、パンと雨を弾《はじ》く音が響《ひび》いたけれど、なぜか雛は濡《ぬ》れずにいた。


(もしかして、恋雪先輩⁉)


うれしくて、胸が苦しくて、泣きそうになりながらふり返る。

けれど背後に立っていたのは、虎太朗だった。


「なんで……虎太朗……」

「どっかのお節介《せっかい》が、青い顔して俺を呼びに来たんだよ」

「華子のこと、そんな風に言わないでよ」

「は？　違《ちが》うって、高見沢だよ」

「えっ……」

予想外の名前に言葉を失う雛に、虎太朗はらしくもなく苦笑《くしよう》を浮《う》かべる。

「あいつも来ればよかったのにな」

ひとりごとのようにつぶやくと、虎太朗が雛の腕《うで》をつかんだ。

その温かさに目を見開くと、怒鳴《どな》るような声が飛んでくる。

「おっまえ、めちゃくちゃ冷たくなってんじゃん！」

「うん、私もびっくりした」

「はあ？　そんなになるまで気づかなかったとか、どんだけアホなんだよ」

さすがに言い返せなくて、雛は「ホントだね」と笑う。

次の瞬間《しゆんかん》、舌打ちが聞こえたかと思うと、虎太朗が腕をひっぱり上げてきた。

そして驚《おどろ》く間もなく、ぎゅっと抱きしめられていた。

不思議とドキドキはしなかった。

けれど虎太朗の心臓の音がうるさくて、つられて雛も呼吸が速くなる。

「……このままじゃ、虎太朗も風邪《かぜ》ひくよ」
「バカだから平気だ」

ぶっきらぼうな声が、すぐ近くから聞こえてくる。
虎太朗は素直《すなお》じゃないから、心配したときなどはいつもこんな調子だ。
謝る代わりに、雛は虎太朗の背中をぽんぽんと叩く。
もう大丈夫《だいじょうぶ》だと伝わるように。

昇降口まで戻ると、バケツやスコップを持った男子生徒と遭遇《そうぐう》した。
虎太朗は知り合いなのか、ぺこりと頭を下げている。
ちらりと足元を見ると、三人とも上履《うわば》きの色が青く、二年生なのだとわかる。
（あれ？　この人、どこかで見たことあるような……）
雛が思い出すより先に、虎太朗が花壇の様子を報告しだした。

「七瀬《ななせ》先輩、お疲《つか》れさまです。やっぱブロックが壊《こわ》れて、苗が流されてました」

「そっか……。ありがとな。とりあえず大丈夫そうなやつだけでも助けてくるよ」

「あ、俺も行きます」

「いいよ、いいよ。こっちは三人いるし」

「そうそう。それに、そんな状態の瀬戸口さんを一人にできないだろ？」


いきなり名指しされ、雛はびくりと肩を揺《ゆ》らす。

名前を知られているということは、やはりどこかで接点があるはずだ。

（でも、どこだろう……？　お兄ちゃんの知り合い？　中学が一緒《いっしょ》だったとか？）

雛がうなっている間に、三人は外へと飛び出していったようだ。

残った虎太朗が、雛の手を引いて歩き出した。

「えっ、どこ行くの？」

「保健室。タオルくらいあるだろ」

「あ、そうだね……」

頭が働いていない雛とは違い、虎太朗はキビキビと動く。

見回りに出ているのか、保健室に先生の姿はなかった。

それでも雛たちのような生徒が訪ねてくることを想定してか、入口のテーブルの上にバスタオルが山のように積まれていた。

雛はタオルをソファーに敷《し》いてから、もう一枚をぐるりと身体《からだ》に巻きつけた。

(よかった、指の感覚も戻《もど》ってきたみたい……)

ちらりと様子をうかがうと、虎太朗も風呂《ふろ》上がりのようにガシガシと髪《かみ》をふいていた。

唇《くちびる》はまだ青いけれど、身体はだいぶ楽に動くようになったようだ。


「さっきの先輩《せんぱい》たちって、園芸部の人?」

「おー」

「虎太朗が呼んできてくれたの?」

「おー。高見沢が『榎本くんだけじゃ心許《こころもと》ないから』って」

また、アリサの名前が出た。

いつの間に親しくなったのだろう。そういえば二人で一緒に買い出しに行ったこともあったから、そのときに仲良くなったのかもしれない。

（……別に、なんでもいいんだけど）

それよりいまは、もっと知りたいことがあった。

「あのさ……先輩たち、なんで私の名前知ってたんだと思う？」

「へっ？　あー、それは……」

虎太朗は急に歯切れが悪くなり、黙《だま》ってタオルを動かした。

誤魔化《ごまか》されないぞ、と雛はじろりと視線を送る。

しばらく無言の攻防《こうぼう》が続いたが、やがて虎太朗が観念したように口を開いた。

「あいつから聞いたんだってさ」

「……恋雪先輩から？」

「園芸部を応援《おうえん》してくれてる後輩がいる。陸上部でハードルを走ってる子だ、って」

息が、止まった。

たしかに応援すると言ったのは雛だ。

けれど恋雪がそんな風に、周りにも伝えてくれるとは思わなかった。

(……私の言葉、ちゃんと届いてたんだ……)


思わず涙《なみだ》ぐんだそのとき、廊下《ろうか》から足音とともに、ざわざわと話し声が聞こえてきた。

おそらく、さきほどの二年生たちだろう。

ややあってドアが開くと、案の定、髪を濡《ぬ》らした三人がぞろぞろと入って来た。


「お疲れさまです!」

運動部仕込みの礼儀《れいぎ》正しさで、虎太朗がキレイなお辞儀をする。

雛も慌《あわ》ててソファーから腰《こし》を浮《う》かせると、にっこりと笑う先輩の手に制止された。

(たしか虎太朗、七瀬先輩って呼んでたよね……)

名前を聞いても思い出せないけれど、やはりその顔には見覚えがあった。

「おっつー。おかげさまで、花壇《かだん》は無事救出できました」

「よ、よかった〜」

へなへなと座りこむ雛に、七瀬が笑《え》みを深くする。

「本当に好きなんだね」

「へっ?」


思いもよらない発言に、雛は再び腰を浮かせた。

(な、なんでこの人まで、私が恋雪先輩のことが好きだって知ってるの……⁉)

頭が真っ白になり否定も肯定《こうてい》もできないでいると、七瀬は「ん?」と首を傾《かし》げた。

「あれ、違《ちが》った? 園芸部を応援してるっていうから、てっきり……」

てっきり「花が好きだ」と思った、ということだろうか。

カン違いがはずかしくなり、雛はタオルで顔を隠《かく》しながらうなずく。

「……そ、そうです。花が、好きなんです」


雛が言い終えると、先輩たちが一斉《いっせい》にため息をついた。

何かおかしなことを言っただろうか。

心配になって顔色をうかがうと、三人は口々に予想外のことを言い出した。

「そんなに花が好きなら、入部してくれればいいのに〜」

「いや、陸上部との兼部《けんぶ》は厳しいだろ」

「そんなのいくらでも調整できんじゃん、っていうかするんだよ！　それに綾瀬先輩のお墨付《すみつ》きなら、入部テストもパスでいいだろうし」

「……お墨付き、ですか？」


自分のことなのにまるで心当たりがなく、雛はつい口を挟《はさ》んでしまった。

すると七瀬が、我慢《がまん》できないとばかりに笑い出した。

「綾瀬部長にはナイショだよ？　実はさ……——」

『いつも園芸部のことを気にかけてくれる子がいるんです。陸上部なんですけどね』

『どの子ですか？』

『あそこで笑ってるルドベキアみたいな子ですよ』


入部したてのとき、恋雪とそんな話をしたのだという。

ほかの二人も「うんうん」とうなずきながら、どこか微笑《ほほえ》ましそうな表情だ。

なんだかこそばゆい気持ちを抑《おさ》え、雛は花の名前を口にする。

「ルドベキアね。さっき瀬戸口さんが助けてくれた、小さな黄色い花のことだよ。綾瀬先輩のお気に入りの花なんだって」

「ルドなんとかって、どんな花なんですか」


ずるい、卑怯《ひきょう》だ、あんまりだ。

いますぐ恋雪のもとまで走って行って、肩《かた》をつかんで揺《ゆ》さぶりたかった。

夏樹のことが好きなのに、告白を受け止めてくれなかったのに。

(なんでそんな、うれしくなるようなことを言うの……?)


黙ってうつむく雛をどう思ったのか、七瀬がおもむろに口を開いた。

「……俺さ、美化委員長なのね」

「あっ」

ハッとして思わず顔を上げると、相手がニッと口角を上げた。

「どこかで見た顔だったでしょ？」

「九月の選挙のときに、演説してましたよね」

「そうそう。ぶっちゃけ美化委員って行事のたびにゴミ当番するくらいで、あとは月一で学校の周りを清掃《せいそう》したり、花壇の世話をすればいいんだけど……」


七瀬は、そこでふっと言葉を区切った。

雛も、そして虎太朗も、「花壇の世話」とうわごとのようにつぶやく。

そうだ、どうして気づかなかったのだろう。

花壇の世話は園芸部だけでなく、美化委員会が担当していたはずだ。

雛たちの心の声を聞いたように、七瀬が肩をすくめる。

「ところが、だよ。行事はともかく、月一の活動の参加率って微妙《びみょう》でさ、外周のゴミ拾いをするのでいっぱいいっぱいってことが多くて。花壇の世話は園芸部任せだったんだ」

「そんな……」

とっさに非難するような声が出てしまい、雛は慌てて口を塞《ふさ》いだ。

しかし七瀬は怒《おこ》るでもなく、神妙《しんみょう》な顔で「サイテーでしょ」とつぶやいた。

「一年のときから、すげーなと思ってたんだよね。職員室の前にある花瓶《かびん》の管理とか、学校中の花壇の世話とか、あの少人数の園芸部だけでやってんのかって。しかも今年は、とうとう部員が一人になって……」


痛みをこらえるように、委員長が眉《まゆ》をひそめた。

後ろで見守っている先輩《せんぱい》たちも、それぞれバツが悪そうに視線を床《ゆか》に落としている。

委員長はゆっくりと息を吐《は》き切ると、かすれた声で続けた。

「そんな状況《じょうきょう》だから、美化委員会に泣きついてくるだろうなと思ってたんだ。本来は自分たちの仕事でもあるんだけど、正直面倒《めんどう》くさかったし、俺の代だけ貧乏《びんぼう》くじ引いたなって」

「……でも恋雪先輩は」

「うん。綾瀬先輩は、黙々《もくもく》と世話を続けてた」


だからいまさらだけど、入部することにしたんだ。

そう言った委員長の顔からは陰《かげ》が消え、瞳《ひとみ》には強い光が宿っていた。

（なんだ、やっぱりそうだったんだ。恋雪先輩は「たぶん僕の勧誘《かんゆう》が下手《へた》すぎて、見るに見かねたんじゃないかな」なんて言っていたけど、ちゃんと伝わってたんだ）


窓の外ではまだ風が吹《ふ》き荒《あ》れ、雨が止《や》む気配はない。

だが明日《あした》になればきっと、青い空を呼んできてくれるはずだ。

そんな予感がした。

＊　＊　　＊　＊

雛の予感は当たり、翌日も、そして文化祭当日も見事な秋晴れだった。

強風が空気中の埃《ほこり》を吹き飛ばしてくれたおかげで、空はどこまでも澄《す》んでいる。

通りかかった受付テントの前では「こんなに天候に恵《めぐ》まれた文化祭はいつ以来だろう」と、先生たちが笑っているのが聞こえてきた。

食事休憩《きゅうけい》になると、雛は一目散に園芸部のブースへと走った。

受付には七瀬が立っていて、「おお、待ってたよ」と笑いかけられる。

「タッチの差だったね」

「私のほかにもテスト受けに来てるんですか？」

「うん、榎本くんが」

よかったですねと続けるはずが、聞こえてきた名前に心臓が跳《は》ねた。


もしかしたら、という希望はあった。

けれどサッカー部のレギュラー争いで忙《いそが》しいはずだと、勝手に無理だと思っていた。

雛は半信半疑で、七瀬が指さすほうへとぎこちなく首を回す。

ドアの前には、なぜかドヤ顔で仁王《におう》立ちする虎太朗がいた。


「虎太朗……」

「おまえだけじゃ不安だからな」

合格する気満々じゃん。

そんな風にまぜ返したかったけれど、声が出なかった。

さりげなく言われたあの言葉が、脳裏《のうり》によみがえってきたからだ。

『ってことは、あと二人入れば来年も存続できるんだな』

虎太朗の本心は、雛にも判然としなかった。

けれどいま、本気で園芸部存続のために入部しようと思っているのはわかる。

「……仕方ないなあ。私が面倒見てあげる」

「はあ？　面倒見るのは俺のほうだっての」

「キミたち、ほんと仲いいねえ」

「『ただの腐《くさ》れ縁《えん》です……っ』」

虎太朗と声がそろってしまい、雛は頭を抱《かか》えた。

それに七瀬が爆笑《ばくしょう》して、教室で待っていた残りの先輩たちまで出てきてしまった。

（……恋雪先輩は、いないんだ）

足が止まったのは、ほんの一瞬《いっしゅん》で。

雛は虎太朗とともに教室へと入っていった。


テストは、園芸の基礎《きそ》知識を問うものがほとんどだった。

しかも出題形式が、『よい苗《なえ》の選び方は、次のうちどれでしょう?』『植え替《か》えに適した季節は、春と秋のどちらでしょうか?』などと選択式《せんたくしき》になっている。

あらかじめ勉強してきた雛は、次々に丸をつけていった。


ただ一問だけ、記述式の問題がまじっていた。

緊張《きんちょう》しながら目を走らせると、黄色い花の写真と『この花の名前は?』という質問文があった。その問題だけ、配点が十点と大きい。

雛は口元をゆるませ、シャープペンを走らせた。

隣《となり》の席に座る虎太朗も、休めることなく手を動かしている。

マークシートではないから、当てずっぽうというわけにはいかない。

今日の日のために、しっかり予習してきた証拠《しょうこ》だった。

思わず涙腺《るいせん》が緩《ゆる》みそうになり、雛はふるふると頭をふった。
泣くのは合格したときだ。
そのときになってようやく、虎太朗に言える気がした。
何度も何度も言いそびれたままになっていた、「ありがとう」を。

雛

いつも笑っててほしいヤツ

瀬戸口《せとぐち》 雛《ひな》

しし座のA型。
隣に住んでるブラコン。
ゲーム好き。バカみたいに、前向き。
でも、アイツの事では、よく泣く。
俺がもう泣かせない!!!

count 6 ～カウント6～

ω<;)　…(>ω<;)　…(>ω<;)　…(>ω<;)

Hina Setoguchi

count 6 〜カウント6〜

文化祭が無事に終わり、熱気が弾《はじ》けた校内は、徐々《じょじょ》に日常を取り戻《もど》しつつあった。

受験組の恋雪も午前授業に切り替《か》わったが、園芸部の引き継《つ》ぎ作業がまだ山のように残っているため、一週間に一回は放課後に再登校するようにしていた。

とくに文化祭の準備中に花壇《かだん》を襲《おそ》った暴風雨の爪痕《つめあと》が深く、また一から植え直しだった。


「えっ！　それじゃあ、もともと花壇は模様替え？　する気だったんですか」


入部テストを採点する手を止め、部長を引き継いだ二年生の七瀬歩《あゆむ》が驚《おどろ》きの声を上げた。

恋雪は「そうなんです」とうなずき、伝えそびれていた事情を説明する。

「実は夏を過ぎたころから、野良猫《のらねこ》が学校の敷地《しきち》内に住み着いていたらしくて。たまたま校長先生が見かけて、捕《つか》まえようとしたそうなんですけど……」

「あ、展開が読めました。つまりはそういうことですね？」

「はい……。校長先生が猫と格闘《かくとう》している間に、花壇がちょっと……」

「う、うわああ……」

七瀬は顔を引きつらせ、備品の整理を頼《たの》んでいた陶山《すやま》と小野《おの》も天井《てんじょう》を仰《あお》いだ。

きっとあの暴風雨の日に見た花壇の惨状《さんじょう》がよみがえったのだろう。


「でもまあ、いまの話を聞いて納得《なっとく》しましたけどね」

いち早く立ち直った陶山が肩《かた》をすくめると、小野も「そうそう」とうなずいた。

「おかしいと思ってたんすよ。いくら暴風雨だって言っても、あんなに簡単にぐちゃぐちゃになるものなのかって。それじゃあ台風のときとか、どうしてたんだってことになるし」

「にしたって、校長ももっと考えてくれたらよかったのに」

「いやいや、あの人もうすぐ定年だろ？　がんばってくれたほうだって」

そんな後輩《こうはい》たちのやりとりを聞きながら、恋雪は頬《ほお》が緩《ゆる》むのを止められなかった。

この部室に自分以外の声が響《ひび》くのは、本当にひさしぶりだった。

「綾瀬先輩？　どうかしました？」

「……いいえ。それより七瀬くん、採点は終わりましたか？」

「あっ、はい。合格者は二名でした」


答案用紙を手に、七瀬が席を立ち上がった。

恋雪は緊張《きんちょう》しながら差し出された紙の束を受け取り、そっと一枚目に視線を落とす。

一枚目の紙はテストと面接に参加してくれた生徒の名簿《めいぼ》になっていた。十人ほどの名前の横に、合格、不合格の文字が並んでいる。

その中に見知った名前があり、恋雪の視線は思わず釘づけになっていた。

榎本虎太朗　合格
瀬戸口雛　　合格

「えっ、ええ!?　榎本くんと瀬戸口さんが……？」

「あれ、聞いてませんでした？　黙《だま》ってて、驚かそうとしたんですかね」

「……七瀬くんは知ってたんですね」

なんだか仲間外れにされたような気分になり、つい責めるような口調になってしまう。
しかし七瀬はどこ吹《ふ》く風で、ただ笑っているだけだった。
陶山と小野もわざとらしく視線を泳がせているから、共犯なのだろう。
「花が好きなやつが集まって、よかったですね」
「……そうですね」
七瀬に返す声が震《ふる》えてしまった。
恋雪は慌《あわ》てて視線を落とし、名簿に並ぶ二人の名前をそっと指でなぞる。
雛も虎太朗も、すでに運動部に所属している。
兼部《けんぶ》は大変だろうし、どうしたって二年生たちの負担も増えてしまう。
その二年生たちも、来年は三年生だ。
（七瀬くんは美化委員長の仕事もあるし……）
心配事を挙げ出したら、切りがないくらいだ。

けれど恋雪には、この五人なら大丈夫《だいじょうぶ》だという自信があった。
あの雨の中、身をていして花壇を守ってくれた彼らなら。

「それじゃあ、新入部員を迎《むか》えに行きますか」
「ええ、みんなで会いに行きましょう」

みんなで。
そんな風に言える日が来たことに、胸がいっぱいになる。
卒業まで、あと少し。
やっと手に入れられた自分の居場所を大切にしようと、恋雪は心に刻んだ。

＊　＊　　＊　＊

年が明けると、さらに一日一日があっという間に過ぎていった。
とくにセンター試験を終え、合格通知を手にするまでの記《き》憶《おく》はぼんやりとしている。
クラスメイトたちの進路を知ったのも、つい先日のことだった。

夏樹は絵を学びに専門学校へ、あかりと美桜はそれぞれ別の美術大学へ行くのだという。

蒼太は推薦で文学部、恋雪と同じく一般受験組だった優も、無事に第一志望だった経済学部への合格を決めていた。

そして春輝は、アメリカに留学すると耳にした。

職員室での噂《うわさ》や、蒼太や優から漏《も》れる言葉から察するに、どうやら彼が個人的に出品していたコンペの副賞らしい。

スケールの大きさに驚いたけれど、春輝らしいと納得《なっとく》させられる進路だった。

（みんな、バラバラになるんだなあ……）

自分自身、四月から大学生になるけれど、正直なところ実感がわかなかった。

それでも、時間は決して止まらない。

恋雪を置き去りにしたまま、ついに卒業式の朝を迎えていた。

今朝は、気持ちのいい快晴だった。

ここのところ曇《くも》りがちな天気が続いていたから、余計にそう思うのだろう。


「僕、本当に卒業するんだ……」


校門に設置された「卒業式」という立て看板を見つめ、恋雪はぽつりとつぶやく。

目覚まし時計が鳴るよりも早く起きたため、まだほかの生徒の姿はない。

そよそよと風がそよぐたびに、枝に蕾《つぼみ》をつけたばかりの桜の樹《き》が揺《ゆ》れている。


恋雪はカバンを下ろさないまま、まっすぐに中庭の花壇へと足を進めた。

三年間いろいろなことがあったけれど、これだけは自分が形に残せたものだ。

優たちのように映画を撮《と》ったり、夏樹たちのように絵を描《か》いたり。そうやって形に残る作品があったなら、卒業したあとも後輩や教師に、きっと思い出してもらえるはずだ。

けれど、日々移ろいゆく花壇ではそれも難しい。

(僕はこの三年間で、誰《だれ》かの記憶に残ることができたのかな……?)

目を閉じれば、はじめて彼女に「こゆき君」と呼ばれた瞬間《しゅんかん》がよみがえってくる。

夏樹は、真夏の太陽みたいな人だ。


彼女が見つけてくれるまで、名前を呼んでくれるまで、恋雪は一人ぼっちだった。

ゆきちゃん、なんて呼ばれて。女の子みたいだね、って笑われて。

存在感はゼロで、透明《とうめい》人間になったような気分だった。


恋《こい》に落ちたことに気づくのは遅《おそ》かった。

趣味《しゅみ》の話で盛り上がれるのがうれしくて、もっともっと笑顔《えがお》を向けてもらいたくて、だから彼女のことを好きになったと思いこみたがっていたんだ。

いま思うと馬鹿《ばか》バカしいけれど、当時は本気でそう思っていた。


でも、どんどん自分の気持ちが迫《せま》ってきて、逃《に》げ場がなくなったのかもしれない。

ついに好きだと認めるしかなくなったとき、同時に失恋《しつれん》もした。

夏樹の心には、優が住んでいたからだ。

傍《はた》から見ていても、二人はお似合いだった。

どちらかが告白すれば、すぐに恋人同士になるだろうと思った。

自分の出る幕がないのはわかりきっていた。


それなのに。

どうしても、気持ちを伝えてしまいたくなってしまった。

だから成功率〇％だとわかった上で、恋雪は宣戦布告をすることにしたのだ。


高三の夏を前に長かった髪《かみ》を切り、眼鏡《めがね》を外して、まずは見た目を変えてみた。

自分からあいさつをするようになったし、部活の勧誘《かんゆう》も再開した。

けれど、そんなことをしても全然届かない。

勇気をふり絞《しぼ》って夏樹をデートに誘《さそ》ったのに、結局、まっすぐな彼女の恋を応援《おうえん》していた。

つらい顔をさせたくなかった。

彼女にはいつだって笑っていてほしかった。

たとえその微笑《ほほえ》みが、自分以外の人間に向けられるとしても。

そして、ついに「その日」が来てしまった。
忘れ物を取りに教室に戻《もど》ると、中から夏樹と優の話し声が聞こえてきた。
ドア越《ご》しにも二人の緊迫《きんぱく》した空気が伝わってきて、恋雪はごくりと息をのんだ。
これじゃあ、立ち聞きだ。
立ち去ろうとした瞬間、夏樹の声が響《ひび》いた。

『予行練習なんて、全部ウソ！　優のことが、好きで好きでたまらないの』

優の返事は、聞くまでもなかった。
恋雪は震える足を引きずるようにして、その場を離《はな》れたのだった。

気がついたときには屋上にいて、思いっきり叫《さけ》んでいた。
この胸に咲《さ》いた花は、相手に知られることなく枯《か》れてしまう。
それでも、これが恋雪の選んだ道だった。
彼女と彼女の好きな人に精一杯《せいいっぱい》のエールを送って、片想《かたおも》いのままで幕を下ろした。

(僕の高校三年間は、そこで終わったと思ったけど……)

入学直後、強引《ごういん》に勧誘されて入ったはずの部活が、いつの間にか心の支えになっていた。

園芸部は三六五日、こつこつと活動を続けなければいけない。

地味で重労働で、見返りもないけれど、そんなところが自分にぴったりだと思っていた。

けれど、自分の後ろ姿を見てくれている人たちがいたのだ。

恋雪の視線の先にはいつも夏樹しかいなかったから、気づくのに遅《おく》れてしまった。

七瀬も、そして雛も、ずっと見てくれていたのに。

『だって恋雪先輩《せんぱい》、ずっと一人でがんばってきたじゃないですか。その姿を見てたから、だから二年生の先輩たちも入部してくれたんだと思います』

あのときの雛の言葉に、どれだけ救われただろう。

それなのに感謝を伝えられないまま、とうとう卒業式を迎えようとしている。

(こういう意気地《いくじ》なしなところは、変わらなかったなあ)

「虎太朗、遅ーい！　もっと早く走れないの？」

「無茶言うなよ。こう見えてこのホース、かなり重いんだからなっ」

背後から聞こえてきた声に、恋雪は弾《はじ》かれたようにふり返った。

軽快に走る雛を追いかけ、ホースを抱《かか》えた虎太朗がのたのたと続いている。

（そっか、今日は二人が水やり当番なんだ）

声をかけようかと思ったけれど、あとにしたほうがよさそうだ。

教室に入っておこうと歩き出すと、二人の声が響いた。

「あーっ、恋雪先輩！」

「は？　こんな朝早くからいるわけ……い、いたーっ」

まるでコントのようなやりとりに、恋雪はついふき出してしまう。

雛はぶんぶんと手をふって、なおも話しかけてくる。

「先輩、時間ありますよね？　ねっ！　見てほしいものがあるんです」

「ついでに水やり手伝ってもらっていいっすか？」

「ちょっと虎太朗、何言ってんの⁉」

「……ぷっ、あはは！　二人とも、相変わらずですねぇ」


こらえきれず、恋雪は声に出して笑ってしまった。

すると雛と虎太朗は顔を見合わせ、直後にお互《たが》いを肘《ひじ》でつつきはじめた。

そんなところも息がぴったりだ。


雛が見せたいと言ったのは、校庭の隅《すみ》にある花壇《かだん》だった。

主に一年生が担当することになり、二人が思い思いの種や球根を植えているようだった。

(そういえば、何を植えたのか教えてもらってなかったな)

「咲くまでのお楽しみです」と言われて、恋雪はあいまいに笑い返したのを覚えている。

そのときまで自分がいるかどうかわからなかったし、何より次の春が訪《おとず》れるときには、高校を卒業しているのだと改めて思い知らされたからだ。

(嫌《いや》だな、いまさらさびしいだなんて……)

花壇の前につくと、雛と虎太朗が並んで深々とお辞儀《じぎ》をした。
突然《とつぜん》のことに驚《おどろ》く恋雪に、二人は声をそろえて言う。

「「先輩、ご卒業おめでとうございます」」

花壇には、色とりどりのチューリップが咲いていた。
赤、白、黄色、紫《むらさき》、青、ピンクにオレンジ。斑《ふ》入《い》りのものもある。
キレイなグラデーションを描《えが》いていて、見る者を楽しませる心遣《こころづか》いが感じられた。

「来年の文化祭には、絶対来てくださいよ」

思考をさえぎるように、ぶっきらぼうな虎太朗の声が響いた。
恋雪はつい虎太朗の顔をまじまじと見つめると、雛も同じようにしていた。
二人分の視線に気づいた虎太朗が、顔を真っ赤にして怒鳴《どな》る。

「人手は多いほうがいいだろ！　それだけだ、それだけ」

「うんうん、そうだよね。卒業しても、恋雪先輩に顔を出してほしいんだよね」

「はあ？　どこをどう聞いたら、そうなるんだよ」

「あらあら、虎太朗は素直《すなお》じゃないんだから～」


小気味いいやりとりを耳にしながら、恋雪はじんわり胸が熱くなるのを感じた。

自分の高校三年間はなんだったのだろうと、そう思ったときもあったけれど。

(すごく意味のある時間だった)


終わりは、新しいはじまりだ。

土の下で冬を過ごした球根が、春になって花を咲かせたように。

いつの日かまた、恋《こい》をするのかもしれない。


白いチューリップの花言葉は、「失われた愛、失恋《しつれん》」だ。

このことを二人は知っているだろうか。

聞いてみたい気もしたけれど、恋雪はゆるりと首を横にふった。

花にこめられた、別の意味を思い出したからだ。

（新しい愛。うん、そっちのほうがしっくりくるかな……）

春、夏、秋、そしてまた冬を迎《むか》え、何度でも四季は廻《めぐ》っていく。
そんな美しい世界に、自分たちは生きているのだ。

見上げれば、雲一つない青空が広がっていた。
新たな旅立ちを感じながら、恋雪は頼《たの》もしい後輩の二人に笑いかけた。

epilogue ～エピローグ～

休日の昼下がり、実家を出た姉から電話がかかってきた。

たまたま帰省していた虎太朗が出ると、夏樹は半泣きで「ない！　ない！」と叫《さけ》んでいた。

「でなきゃ困るだろ。立派な個人情報だっつーの！　あっ」

『たぶん、家のどっかに置き忘れたんだと思うんだけど……』

「はあ？　招待客のリストをなくしただあ⁉」

第一候補のリビングには見当たらず、キッチンへと足を踏《ふ》み入れたときだった。

テーブルの上にそれらしき紙を見つけ、虎太朗は慌《あわ》てて駆《か》け寄る。

「あった、これか！」

『あったの？　よ、よかった～』

「おー、新聞紙の上に置きっぱなしになってた」

『ありがとう！　いまから取りに行くね』


言うなり、夏樹は通話を切った。

切れる直前にバタバタと足音が聞こえたから、すぐに顔を出すに違《ちが》いない。

「ったく、相変わらずだよなあ」

虎太朗もそそっかしいほうではあるが、夏樹ほどではないと思っている。

少なくとも将来、自分の結婚《けっこん》式の招待者リストを失《な》くすようなことはしないはずだ。

「ほんと、優がしっかりしててよかったわ……って、痛っ！」


ぶつくさと文句を言っていたから、罰《ばち》があたったのだろうか。

テーブルに戻《もど》そうとしたはずが、リストの端《はし》で指先を切ってしまった。

「やべっ、汚《よご》してないよな？」

血がついていないかだけ確認《かくにん》したかったのだが、目が見知った名前を読んでしまった。


綾瀬恋雪。

中学、高校と一緒《いっしょ》だった先輩《せんぱい》の名だ。

もっとも彼は夏樹と同い年だったから、時期がかぶるのは二年間だけだったけれど。

（やっぱ呼ぶんだな。って、そりゃそうか）

夏樹にとっても新郎《しんろう》の優にとっても、六年間、同じ学校で一緒に過ごした相手だ。とくに夏樹はマンガという共通の趣味《しゅみ》があったから、高校時代、しょっちゅう恋雪と貸し借りをしていたのを覚えている。

（けど、優は……綾瀬先輩も、気まずくねえのかな？）

恋雪は夏樹に恋《こい》をしていた。

直接本人に聞いたことはなかったけれど、たぶん間違いない。

虎太朗が覚えている恋雪は、いつだってまぶしそうに夏樹を見ていた。

（……そういや、ちょうど時期がかぶってたんだよな……）

夏樹と優が晴れて恋人同士になったのと「あの日」は近かった。

恋雪の様子からして、もしかしたら同じタイミングだったのかもしれない。

あの日、恋雪は雛からの告白を真剣《しんけん》に受け止めなかった。

それどころか好きだと告げてきた相手に、よりにもよって「なぐさめてくれなくて大丈夫《だいじょうぶ》ですよ」などと言い放ったのだ。

偶然《ぐうぜん》その場に居合わせた虎太朗は、一目散に恋雪を追いかけていった。

胸倉《むなぐら》をつかみ、怒《いか》りのまま叫んだ。


『おまえ！　雛を……』

『え？』


恋雪はお芝居《しばい》などではなく、本当にきょとんとした顔をしていた。

一足早く昇降口《しょうこうぐち》を出て行ったから、雛が泣いているのに気づいていなかったのだ。

そのことに気づいた虎太朗は、ぐっとこらえて手を放した。


『本気か冗談《じょうだん》か、そんなこともわかんないのかよ』

『よく話が見えないいんだけど……。きみは瀬戸口さんのことが好きなの？』

図星だった。
なんだか悔《くや》しくて、気恥《きは》ずかしくて、虎太朗は思い切り視線をそらした。
その間、恋雪はゆっくりと歩き出していた。
追いかけるべきか悩《なや》んでいると、なんの前ぶれもなく恋雪がふり返った。

『きみは、後悔《こうかい》しないようにね』

あのときに見た恋雪の表情が、いまも忘れられない。
恋雪は赤くなった目元をさびしそうに細め、まっすぐにこちらを見つめていた。
(そんとき思ったんだよな、あいつにも「何か」あったんだって)
「何か」決定的なことが起こったあとで、その結末を受け入れようとしている。
虎太朗の目には、そんな風に映った。

(だからって、雛にしたことは許せねーけど……)
当事者である雛は、時間をかけて乗り越《こ》えたのだということもわかっている。

あれから時間が経《た》ち、虎太朗もおとなになった。
後悔しないようにすることがどれだけ大変か、身をもって感じているところだ。

「……あいつ、どんな顔で結婚式に来るんだろうな」

つぶやいてから、虎太朗は、らしくないなと苦笑《くしよう》する。
心配などしなくても、きっと恋雪は満面の笑《え》みで会場に来るはずだ。
卒業式の朝、白いチューリップを見て笑えたのだから。

いま彼の心の中には誰《だれ》がいるのだろうか。
雛の心の中には、いまも恋雪がいるのだろうか。
気にならないといえば嘘《うそ》になるが、知らないままでもいいのだと思う。
(何があったって、俺が雛のことを好きなのは変わんねーしな!)

夏樹と優の結婚式まで、あと三ヶ月と少し。
式場で雛に、二十数年越しの告白をしてみようか。

「雛を笑顔にするのは、俺の役目だからな！」

虎太朗はサッカーのＰＫ戦に挑《いど》むときのように、ニッと白い歯を見せて笑った。

昔から、あきらめの悪さには定評がある。

彼女がふり向いてくれるまで、ひたすら走るつもりだ。

The end

HoneyWorks
メンバーコメント！

c(•ω•c 三 っ•ω•)っ

あはは

Gom

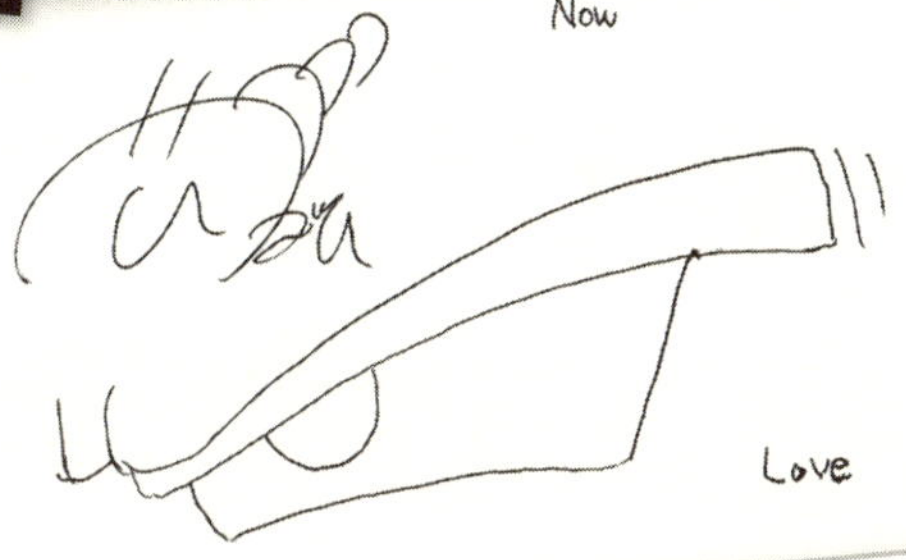

今好きになる小説化
ありがとうございます。

shito

・・・(>w<;)　・・・(>w<;)　・・・(>w<;)　・・・(>w<;)

ヤマコ

「今好きになる。」
小説化ありがとうございます！

皆がそれぞれを想い、悩んでいる姿は、切なくもどかしいけど、
一生懸命でとてもキラキラしています。
頑張ったり悩んでいる時間は、きっと次に繋がる…。
頑張っている分、3人には幸せになってもらいたいな〜と思います!!

ヤマコ

今好きになる。はハニワに加入して初めて
ピアノを録音させて頂いた楽曲でとても気に入ってます!
小説見ながら改めて曲も聴いてみてください!!

小説化ハッピー☆

cake

cake

サポートメンバーズ

ろこる

今好きになる。
小説化ありがとうございます!!
もう、切実に、
雛ちゃんにも、虎太朗にも、恋雪くんにも
幸せになってほしいです…。
恋してる人も、そうでない人も、小説を読んで
一緒に切なキュンしましょう
ろこる

祝!!
今好きになる。
小説化♡
虎太朗がイケメンすぎで…
こんな幼なじみが欲しかった!
近くに自分の事をこんなにも
想ってくれる幼なじみがいる
雛ちゃんは幸せ者ですね!!
モゲラッタ

モゲラッタ

Oji

今好きになりました。。
認めます。 oji

AtsuyuK!

さっき好きになりました。
AtsuyuK!

Who's next?

「告白予行練習　今好きになる。」の感想をお寄せください。
おたよりのあて先
〒102-8177　東京都千代田区富士見2-13-3
株式会社KADOKAWA　角川ビーンズ文庫編集部気付
「HoneyWorks」・「藤谷燈子」先生・「ヤマコ」先生
また、編集部へのご意見ご希望は、同じ住所で「ビーンズ文庫編集部」
までお寄せください。

告白予行練習《こくはくよこうれんしゅう》
今好《います》きになる。

原案／HoneyWorks　著／藤谷燈子《ふじたにとうこ》

角川ビーンズ文庫　19263

平成27年7月1日　初版発行
令和7年5月10日　24版発行

発行者――山下直久
発　行――株式会社KADOKAWA
〒102-8177　東京都千代田区富士見2-13-3
電話 0570-002-301（ナビダイヤル）
印刷所――株式会社暁印刷
製本所――本間製本株式会社
装幀者――micro fish

●お問い合わせ
https://www.kadokawa.co.jp/（「お問い合わせ」へお進みください）
※内容によっては、お答えできない場合があります。
※サポートは日本国内のみとさせていただきます。
※Japanese text only

ISBN978-4-04-102511-6 C0193 定価はカバーに表示してあります。

原案／40mP
著／西本紘奈
イラスト／たま
僕は有罪《ギルティ》？
恋愛裁判《れんあいさいばん》
超人気！40mP×たまが贈る、
胸キュン・ボカロ恋ウタを
完全小説化!!
クリプトン・フューチャー・メディア公認
歌楽坂高校１年の美空は、裁判官にあこがれる優等生。なぜか学校の人気者、バンドマンの柊二と“仮”交際することに。だが、柊二の「浮気」現場を見た美空は…!?
絶賛発売中！
ill. by たま © Crypton Future Media, INC. www.piapro.net piapro

●角川ビーンズ文庫●

田中莎月《たなかさつき》
イラスト/伊藤明十《いとうあきと》
へっぽこ鬼日記
DON'T CALL ME "HEPPOKO"
快進撃！
大人気・和風異世界トリップ!!
ネット発☆
第1巻～第5巻
絶賛発売中!
藤見恭、基本ダラケた学生。が、自動販売機のボタン押したら異世界トリップ!? しかも、俺、鬼なの!?
チキンな俺をドSな主と勘違いしてやる気満々の従者君、俺を何と戦わす気!?
ブッ飛びバトルコメディ、見参!